Petit traité du lecteur

DU MÊME AUTEUR

Le Libraire de Wigtown, Autrement, 2018 ; J'ai lu 2021.

SHAUN BYTHELL

Petit traité du lecteur

Un libraire raconte ce que le vôtre pense (peut-être) tout bas

Traduit de l'anglais (Écosse)
par Laurent Cantagrel

J'AI LU

TITRE ORIGINAL
Seven Kinds of People You Find in Bookshops

ÉDITEUR ORIGINAL
Profile Books LTD, Londres

Pour Lena et Freya

Sommaire

Introduction

Dans la préface de son essai, *Les Livres anciens. Propos d'un homme du métier*, Roy Harley Lewis écrivait dès 1978 que « le rôle joué par les livres anciens dans le commerce mondial est, financièrement, assez insignifiant ». C'était présenter les choses sous un jour plutôt flatteur. Remplacez maintenant l'expression « livres anciens » par « livres d'occasion », et l'impact financier sur l'économie mondiale passe de « assez insignifiant » à « parfaitement dérisoire ». C'est pourtant cette branche que j'ai choisie lorsque j'ai acheté une librairie en 2001, quatre ans seulement après qu'Amazon avait commencé à vendre en ligne des livres à prix réduit. Vingt ans plus tard, j'ose à peine rêver encore de voir mon commerce faire ne serait-ce qu'une brèche « parfaitement dérisoire » dans l'économie mondiale. Autre signe de mon admirable sens des affaires, voilà que je commets un livre dans lequel je m'efforce de classer mes clients dans quelques catégories générales sans y aller avec le dos de la cuiller – ce qui ne manquera pas d'offenser les personnes mêmes dont je dépends pour gagner ma vie. Cela devrait sceller définitivement mon destin financier.

Roy Harley Lewis conclut sa préface en se demandant « quelles raisons peuvent bien nous conduire à trouver le métier de libraire plus intéressant que celui de marchand de chaussettes ». Il répond en enthousiaste incorrigible :

> Bien peu de professions vous apportent de telles satisfactions et sont aussi exigeantes que le commerce des livres anciens, qui requiert du vendeur de jouer, selon les moments, les rôles de détective, d'érudit, d'agent, de psychologue et de diseur de bonne aventure – sans parler évidemment des rôles conventionnels d'acheteur et de vendeur.

Peut-être. Ou peut-être que certains d'entre nous, singulièrement mal armés pour affronter les problèmes d'une vie normale, se sentent attirés par ce métier précisément parce qu'il paraît leur offrir un moyen d'échapper aux « rôles conventionnels d'acheteur et de vendeur ». Quoi qu'il en soit, il n'est pas question d'eux ici, de ces quelques malheureux qui ont eu l'idée saugrenue de vendre des livres pour gagner – mal – leur vie. Il s'agit de leurs clients : ces drôles d'oiseaux avec lesquels les libraires sont bien obligés d'être en contact jour après jour et qui me manquent – j'écris cela pendant le confinement dû au coronavirus – comme des amis que j'aurais perdus de vue depuis longtemps. Oui, du charmeur intéressant au butor agressif, tous me manquent. Outre le fait que, sans eux, je ne gagne plus un sou, j'ai découvert, à ma grande surprise, que j'ai besoin des contacts humains. Quelqu'un a téléphoné hier au magasin pour commander un exemplaire de mon deuxième livre, *Confessions d'un libraire*. Le prix était de 18 £, frais de port compris, mais le client m'a demandé d'ajouter 10 £ au total. Comme je lui demandais pourquoi, il m'a répondu : « Parce que je sais à quel point cette période doit être rude pour un commerce comme le vôtre, et je veux que vous soyez encore là quand tout cela sera terminé, pour pouvoir revenir faire un tour dans votre boutique de temps en temps. »

Et il n'est pas le seul à avoir fait preuve de générosité. J'ai récemment reçu un chèque d'une personne que je ne connais ni d'Ève ni d'Adam, accompagné d'un mot disant qu'elle avait lu dans le *Time Magazine* un article de Margaret Atwood qui encourageait ses lecteurs à soutenir les petits commerçants en ces temps difficiles. Mon inconnue ne me demandait rien d'autre que d'encaisser son chèque. La bonté de ces personnes me laisse sans voix. Voilà pourquoi mes clients me manquent. J'ai beau me montrer plutôt acerbe envers la plupart, je sais bien que dans ces créatures parfois déroutantes bat un cœur plein d'humanité.

J'aurai beau parler de librairies en général dans les pages qui suivent, c'est évidemment de ma boutique de livres d'occasion qu'il s'agit.

Loin de moi l'intention de ternir la réputation d'autres libraires en prétendant parler en leur nom alors que je ne fais qu'épancher ma bile ! Je ne doute pas que des confrères au tempérament plus débonnaire feraient de leurs clients des portraits bien plus aimables que ceux qu'on lira ici, mais ces derniers sont le fruit de vingt ans d'expérience et de tribulations dans le commerce des livres. Et puis je ne connais pas de libraires au tempérament débonnaire – du moins à l'égard de leurs clients.

Je dois également m'excuser de perpétuer des stéréotypes alors qu'en réalité, les gens sont beaucoup plus complexes et leurs personnalités infiniment plus nuancées. Les généralisations sont injustes, mais pas plus que la vie. C'est comme ça.

Tout cela pour dire que j'ai essayé de mettre au point une sorte de taxinomie à la Linné, dont j'ai fini par me rendre compte qu'elle ne fonctionne pas vraiment. On en jugera.

1
Genre : *Homo peritus* (L'expert)

Si votre connaissance du latin est aussi déplorable que la mienne, vous seriez tout pardonnés de supposer (comme je l'ai fait) que le mot « *peritus* » désigne une partie peu ragoûtante des régions inférieures du corps humain. Ce n'est pas le cas. « *Peritus* » signifie « expert ».

Les clients de ce genre sont, pour la plupart, des experts autoproclamés qui ne disposent pas d'un public assidu auquel infliger leur sagesse. Contrairement à la majorité des universitaires ou des commentateurs professionnels reconnus, qui exposent en général des opinions bien informées et reposant sur des faits à des groupes d'étudiants et de lecteurs désireux de connaître ce qu'ils ont à dire, les représentants des espèces dont je vais parler sont pour la plupart autodidactes et n'ont pas un public aussi zélé sous la main. Comme toujours, il y a des exceptions, et on compte dans leurs rangs certains des clients les plus aimables que j'aie eu la chance de rencontrer. Mais les autres sont d'un fastidieux à pleurer.

L'expert n'affectionne rien tant que d'utiliser des mots à rallonge, là où un langage simple et économe ferait aussi bien l'affaire. Il n'est pas collectionneur de timbres, il s'adonne à la philatélie ; s'il aime regarder les oiseaux, il vous dira qu'il a une passion pour l'ornithologie ; et son obsession malsaine des insectes a tôt fait de devenir de l'entomologie. C'est un peu comme s'il avait dîné au restaurant et mangé du Will Self en entrée, du Jonathan Meades en plat principal et du Stephen Fry au dessert. À cette différence près que Self, Meades et Fry ont tous ingéré, digéré et assimilé les vingt volumes de l'*Oxford English Dictionary* et savent exactement comment utiliser le mot propre dans le contexte adéquat pour s'exprimer avec clarté, tandis que l'expert se donne un mal fou afin d'embrouiller son auditeur réfractaire pour le simple plaisir de l'enfumer. C'est à peine s'il connaît cinq mots savants, mais il en asperge tout le monde avec un sans-gêne barbare dans le seul but de se donner un vernis de supériorité intellectuelle qui se lézarde à la moindre occasion. Comme dirait Cloda, mon amie pharmacienne, l'hyperéléphantoamphigourisme n'est pas une excuse pour chercher à ridiculiser quelqu'un qui ignore que le polyvinylpyrrolidone est un agent liant que l'on trouve dans la plupart des médicaments sur ordonnance.

William Faulkner et Ernest Hemingway eurent une dispute fameuse à propos des niveaux de langue. Faulkner affirmait en plaisantant que « Hemingway n'a jamais employé le moindre mot qui aurait pu obliger son lecteur à utiliser un dictionnaire ». Ce à quoi Hemingway rétorqua : « Ce pauvre Faulkner. Est-ce qu'il croit vraiment que les grandes émotions naissent des grands mots ? Je les connais aussi bien que lui, les mots sophistiqués ! Je préfère par contre les bons vieux mots, les mots tout simples. » Mon professeur d'anglais à l'école aurait certainement pris parti pour Faulkner, contre l'emploi que fait Hemingway de l'expression « par contre », arguant que seuls les boutiquiers usent de contreparties dans leurs livres de comptes. Il était également d'une pédanterie impitoyable à propos du mot « alternative », dont la racine, affirmait-il, était le mot latin « *alter* », qui signifie « l'un des deux ». Et ses élèves se faisaient toujours un plaisir de suggérer pendant ses cours qu'il y avait deux alternatives. Voire davantage.

PREMIÈRE ESPÈCE : *HOMO DOCTUS* (LE SPÉCIALISTE)

Ce type de personnes entre dans une librairie sans autre motif que de faire au libraire une conférence sur un sujet quelconque de son domaine de prédilection, quel qu'il soit, et éprouve un plaisir singulier quand son interlocuteur n'y connaît absolument rien, comme cela arrive presque toujours. La plupart des libraires spécialisés acquièrent au fil des ans des connaissances considérables dans les domaines correspondant à leur fonds, mais un libraire généraliste comme moi est dans l'impossibilité absolue d'avoir des compétences aussi variées que les rayons de sa librairie. Essayez d'expliquer cela à quelqu'un qui a passé toute sa vie d'adulte à étudier les habitudes de reproduction de l'escargot arboricole de Sibérie ! Il vous gratifiera d'un sourire dédaigneux et d'un regard chargé de contentement et de mépris, à parts égales, lorsque vous lui révélerez que, non, vraiment, vous n'avez jamais entendu parler de l'essai fondamental de Michal Horsâk sur *Les Assemblages de mollusques dans les reconstructions paléoécologiques : enquête sur leur pouvoir prédictif à partir de modèles de fonction de transfert*. Il a beau éprouver un certain plaisir à constater votre ignorance abyssale en ce domaine, il n'en est pas moins incapable de comprendre réellement pourquoi l'idée ne vous enchante pas – vous ni personne d'autre, d'ailleurs – d'aller passer vingt ans sous une tente en pleine forêt, à une centaine de kilomètres d'Omsk, avec un carnet de notes et un microscope, à examiner des excréments d'escargots, avec pour seule lecture d'obscurs articles scientifiques portant exclusivement sur ce sujet.

Parmi les membres de cette espèce, ceux qui se révèlent légèrement moins inaptes aux échanges sociaux sont conscients que leur interlocuteur pourrait ne pas partager leur passion pour ces sujets plutôt abscons. Mais le représentant de cette sous-espèce tire une nouvelle forme de satisfaction du fait que sa monomanie hyperspécialisée le distingue des autres, supposant, bien à tort, que cela contribue à le rendre intéressant. Nous avions un client qui venait régulièrement et ne manquait jamais de nous faire sursauter en surgissant au comptoir sans que rien n'ait laissé deviner qu'il était entré dans la boutique. Il s'annonçait en s'exclamant joyeusement : « Salut ! Je suis un type un peu spécial, moi. J'adore lire des bouquins sur le calcul différentiel. » Selon toute probabilité, la triste réalité était qu'il ne s'intéressait pas le moins du monde au calcul différentiel, mais qu'il était d'un ennui si désespérant qu'il s'imaginait que prétendre s'y intéresser ajouterait une pointe d'originalité à son personnage. Erreur. Il va sans dire que quiconque se présente comme « un type un peu spécial » ne l'est presque jamais.

DEUXIÈME ESPÈCE : *HOMO ODIOSUS* (LE RASEUR)

Le client de cette espèce se considère souvent comme un esprit universel et vous fera immanquablement part de ses réflexions sur tous les sujets que vous aurez eu la malchance d'effleurer – volontairement, ou par inadvertance si vous connaissez déjà sa manie. Il est préférable de garder un silence complet en sa présence, car la plus infime allusion peut déclencher une interminable tirade sur le plus inattendu des sujets – d'autant que, bien souvent, on ne découvre qu'un client fait partie de cette espèce que lorsqu'il est trop tard, beaucoup trop tard. Le raseur aime aussi écouter les conversations d'autres clients et intervenir à brûle-pourpoint pour exprimer ses opinions (souvent outrancières à souhait). Plus d'une fois, j'ai dû m'excuser auprès de personnes innocentes qui discutaient tranquillement et avaient brusquement dû subir une diatribe intempestive (et parfois raciste) de la part d'un parfait inconnu qui se trouvait à portée d'oreille.

Un de nos clients est un spécimen distingué de cette espèce. Il est le protagoniste de l'anecdote suivante, qui illustre parfaitement les dangers guettant quiconque ignore quel comportement adopter face à de pareils individus. Un samedi matin d'une chaleur tout estivale, mon ami Robin, qui m'avait proposé de m'aider à la librairie, est arrivé à 11 heures pour prendre place derrière le comptoir, à l'avant du magasin. Je traînais çà et là, faisant semblant de travailler. Après quelques heures remplies de ces péripéties palpitantes qui font le quotidien des libraires, nous avons vu Alfred[1], le légendaire raseur du quartier, se présenter au comptoir avec trois livres qu'il a bruyamment posés sur le plateau en bois avec un air de suffisance tranquille. Regardant Robin dans le blanc des yeux, il a

1. Pour une raison mystérieuse, cet Alfred était convaincu d'être un descendant du roi Alfred le Grand, et j'ai eu la terrible malchance de devoir subir l'exposé de ses recherches généalogiques absolument improbables et franchement incompréhensibles pendant de fort nombreuses années. *(N.d.A.)*

alors déclaré d'un ton sentencieux qu'il s'agissait de « livres importants, parce qu'ils sont responsables de l'état actuel des choses ».

Ayant eu à pâtir d'Alfred assez douloureusement pendant près de vingt ans, je sais que la seule réaction salutaire à ses affirmations péremptoires est de se taire. Mais je n'avais pas encore eu l'occasion de donner à Robin les instructions nécessaires à ce sujet et ne pouvais que lui faire des signaux négatifs désespérés dans le dos d'Alfred. Par un coup de chance, ce dernier a alors demandé s'il pouvait laisser les livres sur le comptoir pendant qu'il allait tirer de l'argent au distributeur.

À peine était-il sorti que j'ai averti Robin de ne surtout pas lui poser la question qu'il attendait si manifestement que l'un de nous lui pose, sous peine d'être victime d'une de ses interminables conférences sur l'un des innombrables sujets pour lesquels il se considère comme une autorité – comprenez : sur n'importe quel sujet. « Quand il reviendra pour payer, ne dis rien qui puisse être interprété comme une quelconque marque d'intérêt pour ce qu'il veut dire » – tels furent les derniers mots que j'adressai à Robin avant de monter à l'étage me préparer une tasse de thé, car j'avais renoncé à ma tentative fort peu convaincante de donner l'illusion que je faisais quelque chose d'utile.

Vingt minutes plus tard, Robin est apparu dans la cuisine, à bout de forces. Il m'a expliqué qu'Alfred était revenu peu de temps après mon départ, sans avoir pu tirer d'argent au distributeur. Robin lui avait alors suggéré – pensant éviter soigneusement tout propos susceptible d'être interprété comme un signe d'intérêt à l'égard des opinions d'Alfred ou des livres qu'il voulait acheter – de régler avec sa carte de paiement sans contact. « Ça l'a fait démarrer au quart de tour. J'ai été forcé d'écouter pendant un bon quart d'heure un monologue paranoïaque sur la cybersécurité. J'ai cru qu'il n'en finirait jamais. »

Je n'ai jamais trouvé de sujet sur lequel Alfred n'ait pas une opinion consternante, ou d'étranger dont il n'ait pas une peur irrationnelle. La solution que lui suggère invariablement sa xénophobie sans fond est une intervention musclée de l'État, impliquant généralement des mesures de déportation ou d'emprisonnement pour tous ceux qui se rendent coupables de ne pas partager les opinions d'Alfred.

TROISIÈME ESPÈCE : *HOMO UTILIS* (L'INSTRUCTIF)

Les experts ne sont pas tous une nuisance. Il leur arrive même de se révéler très utiles. En janvier, j'ai reçu un appel téléphonique d'une dame de Dumfries qui avait fait du tri dans sa bibliothèque et souhaitait vendre quelques livres. Par un après-midi froid et sombre, je me suis donc rendu à son pavillon, près du terrain de football. Le sol était couvert de cartons de livres. C'était un assortiment intéressant et varié : son mari collectionnait les ouvrages sur le cricket – il y en avait plus de deux cents –, et elle, les opus de Beatrix Potter et ceux des séries « Observer's Books » et « Ladybird Books ». Tout cela convenait parfaitement à mon fonds de librairie. En les parcourant, je suis tombé sur une édition de poche d'un roman policier, *Le Chemin de la falaise* de Patricia Wentworth, qui ne payait vraiment pas de mine, mais à propos duquel la dame a fait cette remarque : « Ah, c'est un livre intéressant, extrêmement rare et d'assez grande valeur. » À voir ce modeste polar, avec sa photo de couverture montrant une boîte de chocolats et une seringue posée dessus, il ne me serait jamais venu à l'idée qu'il fût rare ou précieux, mais elle m'a donné les explications suivantes : « La famille Thornton, les chocolatiers, se sont opposés à cette couverture, parce qu'ils pensaient que de voir leurs produits associés à une seringue pleine de poison nuirait à leur image de marque. L'édition a donc été retirée du commerce et mise au pilon, et il a fallu trouver une autre couverture pour ce roman. » Ce genre d'information n'a pas de prix pour un libraire, qui doit – au moins de temps en temps – donner à ses clients l'impression qu'il sait de quoi il parle.

Parmi les représentants de cette espèce, je pense aussi à l'un de mes clients réguliers, prénommé Hamish, qui est mort quelques semaines avant que j'aie mis la dernière main à ce livre. Cet acteur à la retraite avait une passion pour l'histoire militaire. C'était un bonheur de parler avec lui, il n'était jamais à court d'anecdotes intéressantes. Il connaissait aussi parfaitement son sujet de prédilection – la Seconde Guerre mondiale – que n'importe quel spécialiste universitaire, mais il en parlait sans jamais pontifier ni être ennuyeux. Au cours de nos brèves conversations, il laissait tomber, en passant, de précieuses bribes de savoir qui me donnaient toujours envie d'en apprendre davantage. Il va beaucoup me manquer.

QUATRIÈME ESPÈCE :
HOMO QUI LIBROS ANTIQUOS COLLIGIT
(LE BIBLIOPHILE)

Le bibliophile est une espèce tout à fait différente, dont l'intérêt porte généralement sur le livre en tant qu'objet plutôt que sur son contenu, même si ce n'est pas toujours le cas – certaines personnes intéressées par les livres anciens les utilisent dans le cadre de travaux universitaires ou de recherches sur l'histoire de leur famille, par exemple. Le bibliophile a une connaissance encyclopédique des moyens d'identifier les éditions rares des livres de son domaine de compétence. Le collectionneur des éditions originales des *Poèmes, principalement en dialecte écossais* de Robert Burns, par exemple, écumera les rayonnages des librairies à la recherche de l'insaisissable « édition Kilmarnock », publiée dans cette même ville par John Wilson en 1786, n'ignorant pas que, sur les six cent douze exemplaires de cette édition publiés en souscription, seuls quatre vingt-quatre – pour autant que l'on sache – ont survécu, et qu'ils peuvent être facilement identifiés par la dédicace de Burns à Gavin Hamilton. Il sait aussi parfaitement que la deuxième impression de la deuxième édition (celle d'Édimbourg, de 1787, dédicacée aux « Nobles et Seigneurs du Caledonian Hunt » – car le poète, qui était aussi employé aux impôts, ne négligeait jamais de faire sa cour aux puissants de ce monde) contient dix-sept poèmes inédits, ainsi qu'une coquille dans la dernière strophe de « Adress to a Haggis » (littéralement « Allocution à une panse de brebis farcie ») : le mot écossais « *skinking* », « aqueux », a été déformé en « *stinking* », « puant ». Cette erreur d'impression a été reproduite dans l'édition de Londres (1787 également), toutes deux étant ainsi connues sous le nom d'« éditions puantes ». L'accumulation de connaissances hermétiques de ce genre peut sembler relever de l'obsession, et cela pour une excellente raison : c'en est une, en effet, souvent caractéristique des personnes qui cultivent une passion exclusive pour un sujet donné.

À l'intérieur du genre des experts, l'espèce du bibliophile possède un autre trait distinctif : les inévitables récriminations à propos du prix des livres. Un libraire qui expose en rayon un exemplaire signé de *L'Anneau du Nibelung*, en deux tomes, dans une édition limitée, illustrée par Arthur Rackham et estimée à 600 £ peut être certain que le client qui tourne et retourne ces volumes avec l'eau à la bouche finira par hocher la tête d'un air réprobateur et lui faire remarquer qu'il a vu cette édition en vente beaucoup moins cher ailleurs. Si tel est le cas, pourquoi perd-il son temps à contempler cet exemplaire avec autant de convoitise ? Il est peu probable que le fait de chicaner sur le prix et d'expliquer aux libraires que le même livre se vend moins cher ailleurs ait jamais permis à quiconque d'obtenir une réduction. Les libraires d'occasion savent très bien qu'il leur arrive de payer un prix trop élevé pour un livre, ou que la valeur de certains ouvrages a chuté, mais rares sont ceux d'entre nous qui seraient prêts à vendre un livre à perte simplement parce qu'un parfait inconnu prétend en avoir vu un exemplaire moins cher dans une autre librairie.

Un de mes clients, un antiquaire de profession, fait régulièrement chez moi des achats qui atteignent un montant à trois chiffres. Malgré cela, chaque fois qu'il sort du magasin, il réussit infailliblement à me laisser l'impression que je me suis fait rouler. C'est un retraité, visiblement assez aisé, qui s'intéresse de manière éclectique aux livres rares. La dernière fois qu'il est venu, j'avais acheté, un peu plus tôt dans la journée, une série de livres à un homme âgé extrêmement divertissant, dont la famille avait, de toute évidence, longtemps été établie au sommet de l'échelle sociale. Leurs livres sommeillaient autrefois confortablement sur les étagères d'une imposante demeure – ils portaient des ex-libris comme on rêve d'en rencontrer quand on déniche une collection de livres anciens, avec des cimiers d'armoiries et une odeur persistante de feu de cheminée entretenu par un domestique –, mais la famille devait avoir connu par la suite des temps difficiles, et la majestueuse demeure n'existait plus. Je soupçonne que je voyais là les derniers vestiges de la bibliothèque familiale, entassés dans des cageots de supermarché. Je ne me souviens pas exactement du prix auquel je les ai achetés, mais j'avais noté les coordonnées de leur ancien propriétaire, parce qu'il y avait plusieurs livres sur lesquels je n'avais pas eu le temps de faire des recherches pour les évaluer, et je voulais pouvoir le rembourser au cas où je les aurais sous-estimés – notamment (je crois) une édition en deux tomes de *Le Morte d'Arthur* de Thomas Malory, illustrée et dédicacée par Aubrey Beardsley. De passage à la boutique, mon client antiquaire a parcouru ce nouveau fonds, où il a fini par tomber sur les deux volumes en question. Il m'a demandé ce que j'en voulais, et, sans avoir eu l'occasion de m'informer davantage, je lui ai répondu 800 £, somme qu'il a payée avec une bonne grâce troublante. Quelques mois plus tard, je l'ai croisé au festival du livre de Carlisle, où il m'a fièrement annoncé qu'il avait vendu ces deux mêmes volumes pour 19 000 £ lors d'une vente aux enchères à Londres.

En tant que libraire, j'estime qu'il est de mon devoir d'être honnête envers les personnes à qui j'achète des livres. Je me suis senti floué par ce client, pas tant pour mon compte que pour celui de l'homme à qui j'avais acheté ces livres. Si je les avais moi-même mis en vente à ces enchères et que j'en avais obtenu 19 000 £, j'aurais fait à ce monsieur un chèque de la plus grande partie du montant, pour apaiser ma conscience. Oui, *caveat emptor*, l'acheteur doit faire preuve de vigilance, et cela vaut aussi pour le vendeur, *caveat venditor*. Nous aimons tous faire de bonnes affaires, mais ces transactions ne sont pas seulement une histoire d'argent. Personne n'aime avoir l'impression qu'il s'est fait escroquer. Mon client bibliophile savait que je n'avais pas eu le temps de me renseigner suffisamment. S'il m'avait proposé de partager les 19 000 £ avec la personne à qui j'avais acheté les livres, sans rien me donner, j'aurais été tout à fait heureux.

Malgré ce genre de rencontres, cela m'attriste de voir que le bibliophile est, semble-t-il, une espèce en voie de disparition. On pourrait en dire autant de la plupart des collectionneurs de livres, dont le nombre diminue chaque année. Les livres ne sont plus les réceptacles exclusifs du savoir, aussi les considère-t-on sans doute désormais comme des sources moins importantes. Un ami de mes parents, Brian, collectionne les livres de Jeffery Farnol, un auteur tellement démodé que j'ai cessé d'acheter ses livres depuis plusieurs années. Je le lui ai dit plus d'une fois mais, malgré cela, lorsqu'il est en Écosse, Brian ne manque jamais de passer à la librairie pour me demander si j'ai un nouveau Farnol en rayon. Il vient avec une liste, écrite à la main dans un vieux carnet en piteux état, et fait irruption avec un enthousiasme et un optimisme auxquels je n'arrive pas à faire honneur. Je n'ai jamais ce qu'il cherche – en grande partie parce que j'ai envoyé tout mon fonds Farnol au recyclage. Mais je suis triste à l'idée d'un avenir dans lequel il aura finalement cessé de venir me voir. Je doute que quelqu'un d'autre me demande à nouveau des livres de Jeffery Farnol avant que je ne ferme la porte de ma librairie pour la dernière fois – à moins que Farnol ne bénéficie du même regain d'intérêt inattendu que la série de romans de Winston Graham, *Poldark*, grâce à son adaptation télévisée par la BBC, dont la popularité a été assurée par l'acteur Aidan Turner, qui y dévoile ses pectoraux plusieurs fois par épisode.

CINQUIÈME ESPÈCE : *MECHANICUS IN DOMO SUA* (LE MÉCANO AMATEUR)

Ces clients sont un vrai régal. Ils cherchent un manuel pratique de Haynes, en général pour une Land Rover, ne sont jamais déçus quand vous ne l'avez pas et sautent de joie quand par hasard vous en avez un exemplaire en stock. Ils ne lisent rien d'autre que des livres sur les voitures, mais qu'importe ? Ils lisent ce qu'ils ont envie de lire, comme tout le monde, et n'ont pas l'ombre d'une prétention littéraire. Je les aime et je les respecte. Leur passion les rend heureux : ils dévorent leur butin avec plus d'enthousiasme qu'un professeur d'Oxford spécialiste des premiers manuscrits de Chaucer découvrant un fragment d'incunable sorti des presses de William Caxton. Et ils le méritent. Ils veulent des informations précises, qu'il s'agisse du diamètre d'une bougie d'allumage pour une tondeuse à gazon Suffolk Punch de 1947 ou du descriptif de la boîte de vitesses d'une Ford Cortina de 1976. C'est pour ce genre de personnes que les caractères d'imprimerie ont été inventés, pour ceux qui utilisent le mot écrit à des fins véritablement pratiques. Pas pour ceux qui prétendent que l'imprimerie n'a d'autre but que de promouvoir leur variante personnelle de dogmatisme religieux, de conforter leur croyance en une forme quelconque de savoir fallacieux sur la divination par l'eau ou l'interprétation des rêves, ou encore de se convaincre que leur pavillon à Slough est situé au confluent de six axes correspondant à des alignements de sites et que, pour cette raison, il devrait être classé monument historique – alors qu'en réalité, c'est dans la ligne de mire d'une armée de bulldozers qu'il devrait être placé.

Le mécano amateur entre toujours dans la librairie avec une certaine nervosité, souvent vêtu d'une salopette huileuse, mais il est fou de joie lorsqu'il apprend que vous avez de vieux manuels de Haynes dans vos rayons. Même si vous n'avez pas celui qu'il cherche, il en trouvera toujours un consacré à une voiture que bricole justement un de ses congénères. Quand j'habitais à Bristol, j'avais un ami qui passait son temps à acheter et à réparer de vieilles voitures. Il appelait ces manuels « Le livre des mensonges de Haynes », parce qu'il s'y trouvait toujours un bout de câble ou un réservoir de liquide de frein qui ne correspondait pas à la voiture, bien réelle, sur laquelle il travaillait à ce moment-là.

Dans l'ensemble, au sein du genre des experts, ce sont les individus de la première et de la deuxième espèce que l'on a littéralement envie de jeter à la porte de son magasin. Ceux de la première espèce fréquentent les librairies dans le seul but de se vanter. Au fil des ans, leurs conjoints ont fini par s'ennuyer si colossalement en leur compagnie qu'ils ne leur prêtent plus la moindre attention. Une librairie représente à leurs yeux l'endroit idéal pour pérorer à loisir. Les individus de la deuxième espèce ont une certaine prédilection pour les sujets politiques. En général, ils oublient complètement que leurs opinions, souvent excessives, pourraient ne pas être partagées par tout le monde. Le changement climatique (qu'ils nient le plus souvent), le mariage homosexuel (qu'ils désapprouvent la plupart du temps) et l'Europe (ne nous aventurons pas sur ce terrain) sont leur fonds de commerce habituel, et plus leurs idées sont accueillies avec indifférence, plus ils ressentent le besoin de les crier sur les toits. Les individus des espèces trois et cinq font partie de ces gens de plus en plus rares que vous aimeriez inviter à dîner, tandis que leurs congénères de la quatrième espèce sont de ceux qui vous doivent plusieurs dîners et une bouteille de très bon vin, dont vous ne verrez jamais la couleur.

2

Genre : *Familia juvenis* (La jeune famille)

Mon premier professeur de latin était un ministre du culte de l'Église d'Écosse qui avait été relégué – sans nul doute à la suite d'un scandale – dans une paroisse perdue des Uplands du Galloway. Il avait pour habitude de fumer comme un pompier pendant ses cours, qui nous paraissaient interminables. Nos tables dataient des années 1930 : elles étaient d'un seul tenant, composées d'un socle en fonte surmonté d'une sorte de case où ranger livres et cahiers et sur laquelle on pouvait écrire, avec un banc pliant en bois dont il faut bien supposer qu'il avait été conçu par un comité de sadiques. Ce siège était articulé de manière que, lorsqu'un représentant de la direction entrait dans la salle de classe, vous pussiez le rabattre et passer immédiatement d'une position assise assez peu confortable à une position debout franchement inconfortable, témoignant ainsi un respect tout à fait immérité à la personne qui venait pointer son nez dans la classe. Dans le coin supérieur droit de ces pupitres, il y avait un encrier – héritage de l'époque du porte-plume, mais qui avait perdu toute raison d'être à l'époque paradisiaque du stylo-bille. Cet élément superflu constituait un cendrier idéal pour notre professeur de latin, et, chaque nouveau trimestre, il ne fallait pas plus d'une semaine pour que tous les pupitres de sa salle de classe se retrouvent ornés d'un cendrier débordant, comme les tables d'un pub des années 1970 à l'heure de la fermeture. Il serait injuste d'imputer mon épouvantable niveau en latin à toutes ces circonstances – il tient plus vraisemblablement à ma paresse d'esprit –, mais j'imagine que, même dans ces conditions, j'aurais été capable de deviner que « *familia juvenis* » signifie « jeune famille ».

Comme tous les genres, celui-ci comporte plusieurs espèces, aux nuances subtiles mais distinctes, que vous seriez bien avisés d'éviter, toutes autant qu'elles sont. J'ai moi-même une jeune famille et je me donne souvent un mal considérable pour tenir tous ses membres à distance de mon lieu de travail – ce qu'ils semblent d'ailleurs faire très volontiers. Tous ceux qui ont fait l'erreur de se reproduire me comprendront. Avant d'avoir moi-même des enfants, j'avais une profonde animosité envers toutes ces jeunes familles qui entraient dans ma boutique. Je fais de gros efforts pour que ma librairie soit propre, bien rangée et bien ordonnée, et tous les libraires ont horreur que des enfants viennent fourrer leurs doigts poisseux dans les rayons, surtout quand ils contiennent des livres rares et précieux. Mais à présent, je comprends. Je comprends à la fois que l'on ne peut rien faire pour empêcher les enfants de se comporter comme ils le font, et que leurs parents ont quand même droit à une petite dose de culture dans un monde qui a été envahi par les couches, Peppa Pig et le vomi. Je comprends les raisons qui les poussent à emmener leurs enfants dans une librairie et à les laisser dans un coin pour pouvoir s'échapper, une minute ou deux, en espérant découvrir un roman de John Buchan qu'ils ne connaissent pas encore ou une édition de poche du *Journal d'Adam et Ève* de Mark Twain – un livre si facile à lire, si court et si parfait qu'on pourrait penser qu'il a été écrit exprès pour les jeunes parents, pour qui la seule chance de lire se situe dans les précieuses secondes de répit qui séparent une couche d'un biberon.

PREMIÈRE ESPÈCE : *PARENTES LASSI* (LES PARENTS EXTÉNUÉS)

Il s'agit la plupart du temps d'un couple avec plusieurs enfants, dont au moins un nourrisson. À la différence de la plupart de leurs activités familiales, qui sont de vaines tentatives pour épuiser leurs enfants autant que leurs enfants les épuisent (principalement à base d'absurdes exercices de plein air), leur visite dans une librairie n'a d'autre but que de trouver un moyen de distraire leur progéniture afin de jouir d'un instant de tranquillité. J'ai moimême deux sœurs et, quand nous avions un peu moins de dix ans, mon père – un homme d'une inventivité incroyable et plein de ressources – passait des heures à mettre au point des moyens de canaliser notre énergie enfantine (dont les manifestations essentielles étaient de courir en tous sens, de grimper dans la grange à foin et de nous disputer à qui mieux mieux) sans diminuer en rien notre joie de vivre, afin d'en tirer parti pour nous faire accomplir un travail quelconque à la ferme. En fin de compte, je crois qu'il a eu l'impression d'être allé trop loin le jour où il s'est dit que son idée la plus brillante était de nous faire courir dans une roue de hamster, dans la laiterie, et d'utiliser l'énergie ainsi créée pour actionner les pompes des machines à traire. Toutes ces activités imaginées par les parents exténués se heurtent au problème des jours de pluie – qui, avouons-le, ne sont pas rares dans le sud de l'Écosse. C'est alors que la librairie entre en jeu. Notre rayon Jeunesse n'arrive certes pas à la cheville de la librairie pour enfants d'à côté, mais il est assez convenable, et les parents qui y déposent leurs rejetons trouvent généralement de quoi les occuper quelques instants, pendant qu'eux se faufilent discrètement jusqu'aux fauteuils en cuir près du feu et s'y affaissent, la tête pendante, jusqu'à ce que leur quiétude soit interrompue par un de leurs marmots, ou par tous à la fois.

DEUXIÈME ESPÈCE : *PUER RELICTUS* (L'ENFANT ABANDONNÉ)

J'admets que c'est extrêmement rare, mais il arrive qu'un parent – le plus souvent un père seul – entre dans la librairie avec un petit enfant, dépose le docile bambin au rayon Jeunesse, lui mette un livre entre les mains, puis se dirige lentement vers la porte d'entrée, qu'il ouvre avec le plus grand calme, et lance à la personne qui est en train de travailler dans la boutique : « Pourriez-vous le surveiller un moment ? Je reviens dans une minute », avant de filer à toutes jambes. En règle générale, une « minute » de ce type correspond à une durée pouvant varier d'un quart d'heure à une heure. L'enfant paraît d'ordinaire habitué à ce genre de situation et reste tranquillement assis à lire jusqu'au retour de son géniteur, qui se répand alors en excuses peu sincères et en explications guère plus convaincantes. Le plus surprenant est que le père en question (puisque j'ai dit qu'il s'agissait généralement d'un père) n'a rien d'un homme dont on pourrait s'attendre à ce qu'il abandonne sa fille ou son fils. Il y a de fortes chances qu'il porte un pantalon en velours côtelé, un joli pull en laine (qu'il n'a sans doute pas choisi lui-même) et des chaussures indiquant qu'il doit avoir un bon boulot : à en juger par leur qualité, ce n'est sûrement pas quelqu'un qui travaille dans une librairie.

Depuis environ un an, j'ai une nouvelle collaboratrice à temps partiel : Gillian, dite la

Menace Rousse. Elle traîne le lourd antécédent d'avoir travaillé quelque temps dans la succursale d'une librairie de livres neufs, à Édimbourg, où elle a subi ce qu'on appelle, d'après ce que j'ai entendu dire, une « formation ». Il semble s'agir d'une variété assez toxique de lavage de cerveau, par lequel on impose à la victime de croire toutes sortes d'absurdités, à commencer par ce mantra effroyable : « Le client a toujours raison. » Gillian est polie, serviable et zélée à un point irritant – des qualités qui ne correspondent pas à ce qu'on attend de vous dans une librairie d'occasion. Ce qui la rachète, c'est son tempérament vindicatif et brillamment spirituel qui, si l'on en croit la légende, est inséparable de sa crinière rousse. Quand je lui ai dit que j'étais à la recherche d'anecdotes pour illustrer ma taxinomie, elle m'a raconté l'incident suivant, qui s'est produit dans une librairie où elle travaillait il y a quelques années. Le rayon Jeunesse y avait été conçu pour former un espace où l'on pouvait s'installer confortablement pour lire (contrairement au mien, qui est peut-être le coin le plus froid du magasin, car le sol y est recouvert de dalles de pierre affreusement peu accueillantes pour les petits). D'après Gillian, l'endroit était devenu un refuge où les parents amenaient leurs enfants faire un pique-nique.

C'était un samedi après-midi très animé à Édimbourg (tous les samedis après-midi y sont apparemment très animés – j'aimerais pouvoir en dire autant de ma librairie), et la boutique était pleine de parents avec leurs enfants. Ce jour-là, au milieu de la cohue familiale, des parents semblèrent s'être volatilisés du douillet espace de lecture. Pippa, la responsable de ce coin de la librairie, était en train de mettre un peu d'ordre dans le rayon Jeunesse lorsqu'elle découvrit deux très jeunes enfants, d'âge préscolaire, visiblement livrés à eux-mêmes. Son bon sens lui fit supposer que leurs géniteurs s'étaient aventurés dans une autre partie du magasin, mais elle eut beau attendre, ils ne donnaient pas le moindre signe de vie. Elle demanda à ses collègues si quelqu'un avait une idée du lieu où pouvaient se trouver lesdits parents, mais personne ne put lui donner l'ombre d'une réponse. Prenant son mal en patience, elle commença donc à faire la lecture aux enfants abandonnés, pendant que d'autres employés de la librairie fouillaient le magasin de fond en comble à la recherche de ces clients égarés. Tous leurs efforts ayant été vains, Pippa s'apprêtait à appeler la police quand les parents reparurent, tout joyeux, des sacs d'achats plein les bras. Ils étaient allés au British Home Stores, à un quart d'heure à pied de la librairie, et n'avaient pas imaginé le moins du monde que leur absence pût provoquer un tel état d'alerte. Ils semblaient stupéfaits de constater que le personnel de la librairie n'était pas composé de baby-sitters expérimentés et que leur travail ne consistait pas à libérer les parents un samedi après-midi pour qu'ils puissent se livrer tranquillement aux joies du shopping.

TROISIÈME ESPÈCE :
PARENTES, GLORIAE CUPIDI
(LES PARENTS AMBITIEUX)

Je peux vous assurer sans l'ombre d'une hésitation que Tarquin, qui vient de fêter ses quatre ans, n'a AUCUNE envie de lire *Guerre et Paix*. Les parents désireux de voir leurs enfants prendre goût très tôt à la lecture n'essaient pas tous de forcer leur développement, mais ceux qui le font condamnent leur progéniture à être ou bien précoce, ou bien malheureuse. Dans les faits, le cas est très rare, et la plupart des gens se contentent de laisser leurs enfants lire à leur gré, suivant leur propre rythme. Je n'ai pas la moindre compétence en psychologie infantile, mais les plus heureux que je vois dans ma librairie me semblent être ceux qui ont le droit de choisir les livres qu'ils veulent – ils sont d'ailleurs ravis de le faire et, le plus souvent, leurs parents leur donnent de l'argent pour qu'ils puissent payer eux-mêmes les livres au comptoir. Cela pourrait prêter à sourire, mais, dans un monde où les paiements en espèces tendent à disparaître, il est réconfortant de voir des parents agir ainsi. J'ignore quels sont leurs motifs, mais j'imagine qu'ils sont de trois ordres : apprendre à leurs enfants à compter ; leur enseigner la manière de se comporter avec des inconnus dans une situation définie ; et leur inculquer la valeur de l'argent.

À l'époque où Nicky travaillait encore à la librairie – la personne la plus merveilleusement excentrique que j'aie eu la chance d'employer, et l'une des plus gentilles et des plus étranges que j'aie jamais rencontrées –, nous avons vécu une rencontre mémorable avec une jeune famille vraiment charmante. Le fils – qui avait environ sept ans – avait déniché un *Harry Potter*, je crois (mais ma mémoire me joue souvent des tours), et comme il s'apprêtait à payer, Nicky lui a demandé ce qu'il lisait en ce moment. Il a répondu : *Ne tirez pas sur l'oiseau moqueur* de Harper Lee. Comme Nicky ne pouvait pas cacher son étonnement, la mère de l'enfant lui a dit en haussant les épaules : « C'est lui qui l'a choisi – on lui a bien dit que ce n'était pas vraiment un livre pour lui, mais il a insisté. » C'était manifestement un enfant exceptionnel, et ses parents étaient les moins intrusifs qu'il m'ait été donné de rencontrer. Ils n'entrent sans doute pas vraiment dans cette troisième espèce, mais c'est que, au fond, ils ne relèvent d'aucune espèce. J'espère les revoir un jour.

QUATRIÈME ESPÈCE :
FILII, LIBRORUM CUPIDI
(LES ENFANTS QUI ADORENT LES LIVRES)

Ce sont surtout des enfants dont les parents sont aux antipodes de l'espèce précédente. J'ai récemment vu passer devant ma librairie une famille avec trois enfants âgés de quatre à dix ans environ. Au moment où ils longeaient la boutique, j'ai entendu les trois gamins réclamer et supplier leurs parents de les laisser entrer dans le magasin. La mère a jeté un œil à la vitrine et leur a répondu : « Pas question qu'on entre là-dedans, c'est juste une boutique qui vend des vieux livres. » Mais les enfants ne l'entendaient pas de cette oreille : ils ont aussitôt commencé à se lamenter haut et fort, et j'espère, sans la moindre mauvaise conscience, que leurs récriminations se sont poursuivies jusqu'au magasin de bonbons voire, si possible, plus loin encore. Ce genre de situations se produit aussi à l'intérieur de ma boutique, quand des parents qui n'aiment pas lire y sont attirés à contrecœur par des enfants passionnés de lecture. Quand on est un lecteur vorace, on a souvent tendance à imaginer que c'est le cas de tout le monde, mais on est parfois brutalement rappelé à la réalité en voyant des parents traîner leurs enfants hors d'une librairie plutôt que de les inciter à y entrer.

Le rayon Jeunesse de ma librairie est aussi populaire auprès des adultes que des enfants. On y voit souvent des personnes d'âge moyen, qui prennent conscience qu'elles ont assez peu de chance de rajeunir et éprouvent une soudaine nostalgie de leur jeunesse. Arthur Ransome, Enid Blyton, Elinor Brent-Dyer – les auteurs de leur enfance arrivent encore à les transporter à cette époque. Je suis presque certain que le succès de la collection parodique « Ladybird pour adultes » est dû au fait que son public est composé de gens qui lisaient les « Ladybird Books » originaux dans leur enfance (Ladybird a publié quelque six cent quarante-cinq livres entre 1940 et 1980 : un vrai défi pour les collectionneurs).

L'artiste Miriam Elia et son frère Ezra n'ont pas été les premiers à parodier ces vieux livres pour enfant, mais ils l'ont fait avec un tel succès que Penguin Random House, qui édite à présent la collection « Ladybird Books », a décidé de les poursuivre en justice. Puis, avec une démarche d'un cynisme remarquable, cette maison d'édition s'est mise à produire elle-même des volumes parodiques, en puisant dans ses vastes archives pour trouver des illustrations et publier des livres intitulés *La Réunion*, *Le Hipster, Comment ça marche : le mari*, *Le Livre Ladybird de la gueule de bois* ou *Le Livre Ladybird de la pleine conscience*. En guise de riposte, Elia a dessiné (comme le rapporte Claire Armitstead dans un article paru dans le *Guardian* en 2017) une « affiche qui parodie une couverture de livre représentant une petite fille en colère en train de dire dans un téléphone jouet : "On poursuit l'artiste en justice (et ensuite, on lui pique son idée !)" Son éditeur fictif s'appelle : "Guide Bousier de l'intimidation d'entreprise, pour les plus de 5 ans". »

Et c'est ainsi que Miriam Elia a fait connaissance avec le monde des grands éditeurs.

3

Genre : *Homo qui maleficas amat* (L'occultiste)

Il n'est du goût de personne qu'un parfait inconnu déclare deviner votre personnalité à partir de quelques cartes à jouer, ou qu'un autre prétende communiquer avec une sorte de monde intellectuel souterrain dont l'accès vous est refusé. Ces traits étrangement élitistes sont communs à toutes les espèces d'occultistes. L'occultiste est enclin à adopter une attitude de supériorité suffisante, ce qui est pour le moins curieux compte tenu de son inébranlable croyance en des choses absolument incroyables. C'est une créature solitaire, qui vient toujours à la librairie sans compagnie – et ce n'est sans doute pas par choix. L'occultiste est dépourvu des compétences sociales les plus élémentaires et, dans la plupart des cas, semble aussi ne pas avoir assimilé les rudiments de l'hygiène personnelle. Ce qui est tout à fait compréhensible : une fois convaincu que l'on est un maître de la magie noire ou que l'on peut converser avec les morts, on se sent sûrement en droit d'adopter une attitude plutôt désinvolte à l'égard de la propreté ou des modes de communication avec le monde des vivants. Les morts, on peut le supposer, n'ont guère d'odorat. Ni d'art de vivre.

PREMIÈRE ESPÈCE : *ARTIFEX MALEFICUS* (L'ADEPTE DE LA MAGIE NOIRE)

Toujours vêtu de noir de la tête aux pieds, d'ordinaire en léger surpoids, l'adepte de la magie noire est généralement à la recherche de livres d'Aleister Crowley ou de quelque grimoire ancien grâce auquel il croit pouvoir invoquer Méphistophélès (il a évidemment vu *La Neuvième Porte*, un film très décrié de Roman Polanski dans lequel Johnny Depp joue le rôle de Dean Corso, libraire-antiquaire à la morale douteuse en quête des pages perdues d'un vieux livre satanique pour le compte d'un client aux ambitions faustiennes illimitées). C'est en général un homme – comme pour la plupart des personnalités obsessionnelles – qui se signale par un regard suggérant qu'il serait ravi de sacrifier une chèvre ou d'avoir des rapports sexuels avec elle, s'il pense que cela plaira à la Grande Bête. Il considère ceux d'entre nous qui vendent des livres sur l'occultisme comme des mécréants – des imbéciles qui refusent d'admettre l'existence de Lucifer déchu, le seul vrai dieu, et qui s'avèrent par conséquent incapables de reconnaître la vérité inhérente aux pitreries opportunistes de Crowley et à ses accouplements caprins orgiaques, seule voie menant à l'illumination authentique. À ses yeux, nous sommes des êtres perdus. Nous acheter des livres est un acte humiliant, car en vendant ces textes d'une valeur inestimable, nous faisons commerce des profonds mystères qu'ils contiennent. Lesquels, paraît-il, ne sont pas de la « magie », mais de la « magick ». Ou de la « magik ».

Une autre variété de cette espèce est l'adepte de la Wicca. Le wiccan a lui aussi connaissance, semble-t-il, d'une voie, inaccessible au commun des mortels, menant à l'illumination. Les cercles de pierres paraissent jouer un rôle considérable dans cette mixture de « magick » édulcorée qu'est la Wicca. Il y a un cercle de ce genre non loin de Wigtown, dont les pierres sont disposées en fonction du solstice d'hiver. J'y emmène régulièrement les visiteurs qui viennent pour la première fois dans la région. Dans mon enfance, ce n'était rien d'autre qu'un champ de gros cailloux, auréolé seulement de la conviction toute régionale que cet emplacement avait été autrefois un lieu historique prestigieux, peut-être le lieu où était enterré Galdus, premier roi de Galloway. Au cours de ces dernières années, l'endroit a beaucoup gagné en importance et semble être devenu un lieu de pèlerinage, où les gens ont pris l'habitude de déposer des objets symboliques sur ces pierres sacrificielles. Leurs offrandes comprennent toutes sortes de choses, allant des pièces de monnaie jusqu'aux crevettes, voire, une fois, à un biscuit au chocolat entamé. En le voyant, un de mes amis en visite a décrété que c'était du gaspillage de laisser là ce reste de biscuit – et l'a mangé.

Il est important de distinguer les adeptes de la « magick » des gens qui ne s'intéressent qu'aux tours de passe-passe, ou à la « prestidigitation », comme l'appelle celui qui croit qu'un mot à rallonge conférera à ce qu'il désigne une sorte d'aura spirituelle, alors que tout le monde sait qu'il s'agit seulement d'un ensemble de trucs. Ce sont d'ordinaire des adolescents, souvent assez aimables. Ceux-là ne se font pas d'illusion sur le fait que cette forme de magie n'est rien d'autre qu'un habile tour de passe-passe, et s'ils veulent en apprendre les arcanes, c'est presque toujours pour tenter d'impressionner d'autres adolescents – et le plus souvent des adolescentes. Jeter des sorts ne les intéresse pas. En fait, leur conscience que la magie n'est qu'un art de l'illusion les empêche de tomber dans la catégorie des personnes disposées à croire que jeter des sorts a une quelconque incidence sur le monde réel.

Nous avions un client régulier – un revendeur spécialisé – qui faisait son apparition (comme par magik) tous les ans, la dernière semaine d'avril, et demandait si nous avions des livres sur la vie après la mort. Il garait son corbillard noir devant le magasin et se dirigeait en chancelant vers le rayon Ésotérisme, rejetant vers l'arrière, d'un geste plein d'assurance, les rares mèches de cheveux teints en noir qui lui restaient. À chaque fois, il passait une heure à parcourir notre stock à la recherche de livres qui conviendraient à ses clients, puis il se frayait un chemin jusqu'au comptoir pour se plaindre de l'indigence de notre fonds en la matière. Un jour, j'en ai eu assez et je lui ai dit que, s'il n'y avait pas beaucoup de livres sur ce sujet, c'était parce que, franchement, tout ça n'était qu'un tissu d'inepties. Il a reculé d'un pas, visiblement scandalisé, a secoué la tête, les restes fantomatiques de son unique mèche teinte sont retombés mollement sur ses yeux porcins, minuscules îlots perdus dans un océan de mascara bon marché ; puis il a marmonné quelque chose à travers son rouge à lèvres noir – j'imagine qu'il s'agissait là d'une malédiction – avant de se diriger vers la porte en levant sa main droite, sans nul doute en une sorte de geste rituel. Je me demande aujourd'hui encore si sa malédiction a eu de l'effet, et si ce ne serait pas à cause d'elle que je travaille toujours dans cette librairie. Je n'ai jamais revu cet individu depuis.

DEUXIÈME ESPÈCE : *HOMO QUI CONIURATIONES FERVET* (LE CONSPIRATIONNISTE)

Bien que ce ne soit pas à proprement parler un occultiste, le conspirationniste partage avec l'adepte de la magie noire la caractéristique de croire en toute candeur à quelque chose dont la fausseté est démontrée par un ensemble de preuves écrasant. Il existe un nombre presque infini de théories du complot, mais celles sur lesquelles on me demande le plus régulièrement des livres concernent l'assassinat de John Fitzgerald Kennedy et Jack l'éventreur – le même client s'intéressant souvent aux deux. La négation de la Shoah et les complots des attentats du 11 Septembre font également partie des sujets très demandés ces derniers temps, et vont aussi souvent de pair. Le conspirationniste est moins facile à repérer que l'adepte de la magie noire. À première vue – et même après un examen attentif –, il peut donner l'illusion d'un individu tout à fait normal, voire plutôt raisonnable. Alfred, par exemple, pourrait presque passer pour quelqu'un de parfaitement sensé, si l'on en juge par son apparence et sa conversation – à condition de ne jamais prononcer devant lui les mots « alunissage » et « paiement sans contact ».

Quand un individu de cette espèce entre dans une librairie d'occasion pour vendre des livres, il n'apporte rien qui soit susceptible d'intéresser le commun des mortels – des biographies, des livres d'histoire naturelle, de topographie ou même d'aviation. Ses cartons de livres (ou plus probablement ses sacs-poubelles noirs) ne contiennent que des ouvrages sur les ovnis, le triangle des Bermudes, le vaudou haïtien ou les poltergeists. Les théories les plus improbables sur la combustion humaine spontanée lui paraissent plus plausibles que l'explication physique du moteur à combustion interne. Ce n'est jamais une bonne idée de se moquer de ses centres d'intérêt, sauf, bien sûr, s'il vous avoue de lui-même qu'il se débarrasse de ces livres parce que sa quête de connaissance ésotérique s'est révélée une pure perte de temps, ou bien parce qu'il s'est finalement rendu compte que sa fascination d'adolescent pour la série *X-Files* n'était rien d'autre qu'un engouement pubertaire pour Gillian Anderson qui l'a mené un peu trop loin.

TROISIÈME ESPÈCE : *HOMO QUI CARTAS PROVIDAS LEGIT* (LE CARTOMANCIEN)

Scruter les mystères d'une boule de cristal et prédire l'avenir de parfaits inconnus en ne s'appuyant, strictement parlant, sur rien est traditionnellement l'apanage de personnes des deux sexes, d'âge moyen et barbues – ou tout au moins fortement moustachues. Le cartomancien ne correspond que grossièrement à ce stéréotype, et si cette espèce englobe un éventail de personnes plus large que ne le suggère son nom, la prédiction de l'avenir reste sa préoccupation dominante. Parmi les autres figurent l'interprétation des rêves, la mythologie celtique, l'astrologie, l'homéopathie, le Feng Shui et la guérison spirituelle. Ah, et puis tout ce qui a trait aux cristaux, à condition que cela n'ait absolument aucun fondement scientifique. Le cartomancien est généralement habillé de vêtements flottants, dont un élément au moins doit être en batik, et qui sont tous infailliblement recouverts de poils de chien ou de chat. Une traînée d'encens éventé le suit partout, mais il flotte aussi autour de lui comme un parfum d'imprécision – ce qui ne l'empêche pas de rester fermement convaincu que beaucoup de gens seront prêts à payer avec joie une somme non négligeable pour écouter ses prédictions ou se faire prescrire un verre d'eau mêlé d'une teinture quelconque comme remède contre le cancer. Il achète souvent des guides pour créer son autoentreprise, mais il devrait plutôt investir dans un manuel pratique pour réussir sa faillite à coup sûr.

Quand il était étudiant, mon ami Callum prétendait pour plaisanter qu'il pouvait lire l'avenir des gens dans les cartes de tarot. Il n'y connaissait absolument rien et avait tout inventé mais, en un rien de temps, une foule de gens se bousculait à sa porte pour se faire tirer les cartes. Même une fois qu'il eut avoué que c'était de la pure affabulation, on continuait de venir le trouver, un peu comme quand l'écrivain de science-fiction L. Ron Hubbard eut déclaré ouvertement qu'il n'avait créé l'Église de Scientologie que pour gagner de l'argent et que, malgré cela, ses adeptes continuèrent à croire aux dogmes et aux protocoles étranges qu'il avait imaginés. Pour tenter de convaincre ses admirateurs que tout ce qu'il disait était vraiment le fruit de son imagination, Callum fit des prédictions de plus en plus saugrenues, mais cela ne semblait qu'alimenter davantage leur ferveur. En désespoir de cause, il fut forcé d'annoncer que le pouvoir que lui avaient conféré les esprits s'avérait un fardeau trop lourd pour lui et qu'il ne pouvait plus continuer à tirer les cartes, par égard pour sa propre santé.

QUATRIÈME ESPÈCE : *VENATOR UMBRORUM* (LE CHASSEUR DE FANTÔMES)

Une enquête de la société d'études de marché YouGov, réalisée en 2014, a révélé qu'au Royaume-Uni, les gens affirmant croire aux fantômes sont plus nombreux que ceux qui déclarent avoir une croyance religieuse (respectivement 34 % et 26 %). Plus alarmant encore, 9 % des gens affirment avoir communiqué avec les morts (même si, théoriquement, ce chiffre peut inclure ceux qui ont marmonné quelque chose en s'adressant à une pierre tombale, car la question posée ne précisait pas si les morts étaient tenus de répondre ou non). On ne sera guère surpris d'apprendre que les chiffres sont considérablement plus élevés en Amérique, où 45 % des personnes interrogées affirment croire aux fantômes et 18 % avoir été en contact avec l'un d'entre eux. Au vu de ces statistiques, il est étonnant que l'on nous demande aussi rarement des livres sur les fantômes, mais les clients qui le font ont tendance à se montrer profondément agaçants. J'ai beaucoup de bêtes noires – elles sont légion –, mais cette espèce n'est pas loin de caracoler en tête de liste. Notre magazine régional de luxe, *Dumfries and Galloway Life*, par ailleurs tout à fait digne d'éloges, accorde des colonnes bien peu méritées à un groupe d'« enquêteurs paranormaux » répondant au nom de Mostly Ghostly. Ses membres s'habillent – on pouvait s'y attendre – comme les figurants d'un film de Dracula à très petit budget, avec des chapeaux hauts-de-forme, des gants en dentelle remontant jusqu'aux coudes, des vêtements surannés et de grosses bottes. Quant aux résultats de leurs enquêtes, ils sont à la fois parfaitement ambigus et d'une assommante futilité. En général, ces investigations consistent à aller explorer de nuit une maison prétendument hantée où ils éteignent les lumières, photographient de vieux meubles, se photographient mutuellement et prétendent avoir « ressenti un frisson à deux heures et demie du matin » ou « vu une ombre inexplicable juste au coucher du soleil » – ce qui, soyons franc, n'a rien de particulièrement insolite. Mais ils ne font aucun mal et, au mieux, divertissent les touristes naïfs, contribuant ainsi, à leur manière, à faire connaître la région.

S'il m'était arrivé de douter que les fantômes ne sont rien d'autre que le produit d'une imagination troublée (pour être honnête, je n'en ai jamais douté), cela tiendrait au fait qu'à quatre reprises, des clients et des employés, indépendamment les uns des autres, ont prétendu avoir entrevu ou ressenti dans la librairie « quelque chose » qui leur semblait venir d'outre-tombe. D'ordinaire, j'aurais balayé tout cela d'un revers de main, mais il se trouve que les personnes concernées ne s'étaient jamais rencontrées et qu'il n'y avait aucune raison qu'elles aient communiqué entre elles. Comme les quatre « observations » avaient eu lieu au même endroit – dans l'escalier ou sur l'un de ses paliers –, j'ai rapidement attribué ces témoignages au fait qu'il y a très probablement un courant d'air dans cette partie de la boutique et que la lumière y projette des ombres un peu inhabituelles, mais cela n'en a pas moins semé un léger doute dans mon esprit – que le glyphosate de la science a presque entièrement empêché de germer.

CINQUIÈME ESPÈCE :
HOMO ARTIFICII STUDIOSUS
(L'AMATRICE DE TRAVAUX MANUELS)

L'amatrice de travaux manuels (car ce sont pour la plupart des femmes) n'est évidemment pas une occultiste, mais elle partage plusieurs traits avec certaines de ses espèces, notamment le sens vestimentaire du cartomancien. Elle n'est jamais tout à fait sûre de ce qu'elle cherche, ce qui lui permet d'échapper à l'observation aussi sûrement qu'un espion bien entraîné, à tel point que même les officiers les plus tenaces de la Stasi ne parviendraient pas à savoir exactement à quelle sorte d'activité elle croit s'intéresser. Le rayon Travaux manuels de ma librairie est rempli de livres sur des activités absolument inutiles et chronophages, de la peinture sur galets au tricot en poil de chien. On y trouve aussi des guides pratiques – couture, poterie et choses de ce genre –, mais l'amatrice de travaux manuels n'achète jamais, au grand jamais, quoi que ce soit de pratique. C'est généralement une mère dont les enfants ont quitté la maison, ou bien unc retraitée – autre trait commun avec le cartomancien –, l'une comme l'autre cherchant à combler ce nouveau vide dans leur existence avec quelque chose, avec quoi que ce soit. Tel est précisément le problème : l'amatrice de travaux manuels ne sait pas vraiment ce qu'elle veut faire – fabriquer des cannes, créer des décorations en sucre ou faire de la broderie. Elle mentionne toutes ces activités quand elle s'enquiert de livres sur différents sujets, mais, pour finir, elle ne trouve jamais l'ouvrage qui lui convient vraiment, quel que soit l'assortiment qu'on lui présente. Et, en un sens, son incertitude est précisément ce qui lui permet d'atteindre son but, puisqu'elle occupe ainsi ses longues heures de désœuvrement à harceler les malheureux libraires en quête du livre inconnu qui lui donnera enfin satisfaction.

Il n'y a pas longtemps, peut-être trois ou quatre ans, j'ai acheté la collection de livres d'une amatrice de travaux manuels. Cas exceptionnel chez ces personnes en majorité dilettantes, il s'agissait de quelqu'un qui avait réussi à vivre de sa passion. Elle avait été enseignante, avait entrepris de sérieuses recherches universitaires dans son domaine, et sa bibliothèque spécialisée était remarquable. En partant, après avoir acheté ses livres, j'ai remarqué une chaise toute délabrée près de la porte. C'était un meuble inhabituel, du mouvement Arts & Crafts, qu'elle avait certainement l'intention de faire rembourrer. J'ai simplement fait une remarque à ce sujet et voilà que, quelques années plus tard, elle est entrée dans ma librairie en m'apportant cette chaise, pour m'en faire cadeau. Elle n'avait pas eu le temps de la faire restaurer et avait décrété qu'il était temps de lui donner un nouveau foyer. J'ai été touché par sa générosité et j'ai accepté la chaise avec joie, tout en comprenant fort bien que j'héritais ainsi d'un problème. Celui-ci a cependant été rapidement résolu lorsqu'une équipe de tournage est apparue peu après, cherchant de vieux meubles pour les vendre aux enchères dans une série télévisée intitulée *Voyage au pays des antiquités*. Le présentateur m'a offert 20 £ pour la chaise. Comme elle ne m'avait rien coûté, j'ai accepté. Quelques mois plus tard, il m'a envoyé un mail pour me dire que la chaise serait mise en vente dans la prochaine émission de la série, où elle fut achetée 200 £. Peu de temps après, j'ai croisé par hasard la femme qui me l'avait offerte. Elle m'a dit qu'elle avait regardé l'émission. J'étais prêt à m'entendre donner des noms d'oiseaux, mais elle s'est montrée remarquablement aimable et philosophe à ce sujet, disant que tel est le destin des vieux meubles : ils font leur petit bonhomme de chemin, d'un propriétaire à un autre, et, avec un peu de chance, finissent par atterrir chez quelqu'un qui les soigne et les apprécie.

4

Genre : *Homo qui desidet* (Le flâneur)

On ressent souvent un malaise compréhensible quand un parfait inconnu commence à rôder dans notre environnement immédiat ; s'il ne manifeste aucun désir d'entrer en contact avec nous, on se sent soulagé ; mais si sa présence semble entièrement dépourvue de raison apparente, il devient naturel de suspecter qu'il est là dans quelque intention peu avouable. Et si vous en venez à faire une supposition de ce genre, vous êtes sans doute dans le vrai. Il y a des gens dont l'état normal est celui d'une activité incessante, et d'autres qui semblent cultiver par nature une absence totale d'occupation. Le flâneur relève de cette dernière catégorie, et c'est quelqu'un d'éminemment dérangeant. Il parvient à conjuguer sans effort une grande puissance d'apathie avec l'illusion d'être en train d'accomplir une tâche très importante, ce qui, de toute évidence, n'est pas le cas. En prime – et c'est le plus exaspérant –, il donne en permanence l'impression d'être sur le point de vous demander un renseignement, vous incitant à rester à sa proximité en attendant que cela se produise – ce qui arrive rarement. Et c'est bien sûr au moment précis où vous vous éloignez pour aller placer un livre sur un rayon qu'il s'adresse à vous en vous posant une question qui n'a rien à voir avec les livres – pour vous demander quelle heure il est, quel est l'endroit le plus proche où l'on peut déjeuner correctement, ou encore, comme un de mes clients-flâneurs les plus invétérés et les plus agaçants, à quelle heure part le prochain bus pour Newton Stewart. Parfois, cependant, il prétend n'avoir rien à faire, n'être là que pour passer le temps et vous faire perdre le vôtre – alors qu'en réalité, il a un but précis qu'il s'efforce de dissimuler. Les individus de la première espèce en sont de parfaits exemples.

PREMIÈRE ESPÈCE :
HOMO QUI OPERA EROTICA LEGIT
(LE FURETEUR LIBIDINEUX)

D'ordinaire – mais pas toujours –, ce sont des hommes, généralement d'un certain âge. Bien que je ne les suspecte pas de se livrer à des agissements lubriques dans ma librairie, leur accoutrement correspond parfaitement à l'idée qu'on se fait d'un exhibitionniste ou d'un obsédé sexuel. Manteau long, col redressé, chapeau et, parfois, lunettes noires. Et barbe – ils ont tous une barbe. Les groupes d'adolescents qui ricanent tout le temps relèvent également de cette espèce, même s'ils ne font guère d'efforts pour dissimuler leur plaisir à feuilleter des livres pleins de photographies d'individus en train d'accomplir des acrobaties sexuelles exigeant une souplesse hors du commun, ou bien – mieux encore – des livres de shunga, ces illustrations érotiques japonaises comprenant des organes génitaux outrageusement disproportionnés. Les hommes d'un certain âge ont une approche plus furtive, ils s'attardent souvent dans le rayon voisin, celui des chemins de fer, plus isolé et mieux camouflé. Nous passons un temps considérable à rapporter au rayon Littérature érotique des livres égarés au rayon Chemins de fer. Dans leur amour de la discrétion, certains fureteurs libidineux vont jusqu'à échanger des jaquettes de livres de même taille pour faire croire aux personnes présentes qu'ils sont plongés dans *Le Matériel roulant des entreprises ferroviaires du réseau grandes lignes et du système de transit léger sur rail*, alors qu'ils sont en fait en pleine lecture du *Livre Mammouth d'histoires de lesbiennes*. Les clients qui pratiquent ce subterfuge ont généralement la décence de remettre les jaquettes en place une fois terminé l'examen de leur sujet, mais certains négligent de le faire.

Il y a quelques années, une femme est entrée dans le magasin en coup de vent pour acheter d'urgence un cadeau à son mari dont on allait fêter la retraite imminente. Elle m'a dit qu'il s'était toujours intéressé à l'architecture industrielle victorienne, et je l'ai aiguillée vers le rayon Chemins de fer, où elle a eu la chance de tomber sur un exemplaire du livre de Paul Karau, *Les Gares terminus des lignes régionales du Grand Ouest*. Sa joie en achetant ce livre n'a eu d'égale que sa fureur lorsqu'elle est revenue, deux jours plus tard, me dire que son mari avait découvert avec stupéfaction que la jaquette abritait en fait le *Manuel illustré de thérapie sexuelle* d'Helen Kaplan. J'ai un peu de mal à imaginer cette bonne épouse essayant d'expliquer à son mari le choix de son cadeau, mais, à en juger par le flot d'invectives qui s'est déversé sur moi ce jour-là, je crois deviner que ça ne s'est pas très bien passé.

Il y a quelque chose d'assez touchant chez les adolescents ricaneurs – je les entends en me déplaçant dans le magasin : dès qu'on s'approche d'eux, ils se hâtent de replacer fébrilement quelque livre sur une étagère et s'éparpillent dans toutes les directions. Leurs parents – comme nous tous – se sont rendus coupables du même genre de délit à leur âge et fermeraient sans doute les yeux sur la curiosité de leur progéniture, mais les enfants – surtout les adolescents – vivent dans la terreur d'être surpris en train de fumer, de regarder des images pornographiques ou de manifester des symptômes de croissance. Ils savent très bien comment donner le change aux adultes en leur faisant croire qu'ils poursuivent des buts littéraires plus nobles : tout en s'enfuyant loin du rayon Littérature érotique quand ils entendent s'approcher leurs parents, ils se saisissent avec un air convaincu d'ouvrages sur l'histoire de l'Église médiévale écossaise, sur le réseau local de chemin de fer à vapeur du Gloucestershire ou sur les œuvres de Winston Churchill avant la Seconde Guerre mondiale – et se condamnent ainsi à recevoir de leurs parents à chaque Noël des livres sur ces sujets pour le restant de leur vie.

Parmi les sous-espèces des fureteurs libidineux, celle des jeunes femmes mérite une mention spéciale. C'est la seule dont les membres ne s'enfuient pas ou n'essaient pas de dissimuler ce qu'elles sont en train de feuilleter : elles parcourent les étagères du rayon Littérature érotique avec le même plaisir et la même absence de gêne que si elles lisaient les œuvres complètes de Thomas Carlyle. Et c'est exactement ainsi que les choses devraient se passer. Il n'y a aucune honte à lire les livres de ce rayon, et le fait que les hommes mûrs et les adolescents éprouvent le besoin de cacher leur intérêt pour ce sujet tient sans doute plus aux mœurs sociales qu'au contenu de ces ouvrages. D'ailleurs, quand des femmes parcourent des livres de ce genre, on remarque souvent chez elles un mélange de curiosité et de déception.

Un fureteur libidineux fréquente régulièrement ma librairie. Il vient sous prétexte de s'intéresser aux livres anciens, mais il ne tarde jamais à aller musarder dans le rayon Littérature érotique. Il est toujours affublé d'un chapeau à larges bords, du genre de celui que portait Crocodile Dundee, mais je doute fort qu'il se soit jamais retrouvé nez à nez avec aucun reptile. Je me dis parfois que ça ne lui aurait peut-être pas fait de mal. Depuis peu, il a commencé à m'apporter des cartons de livres érotiques de sa propre collection, en m'expliquant : « mes filles ne veulent pas avoir à s'en occuper quand je ne serai plus là ». J'éprouve une certaine compréhension pour ses filles, même s'il faut évidemment distinguer l'érotisme de la pornographie. La frontière peut être assez nébuleuse, et c'est un problème auquel sont confrontés eBay, Amazon et d'autres sites de vente en ligne. Dans le cas de mon client, je le défendrais le cas échéant comme un authentique collectionneur de littérature érotique. Le dernier carton qu'il m'a apporté contenait une édition abrégée et illustrée des *Mémoires de Fanny Hill* de John Cleland, datant de 1780 environ. C'était un beau petit livre, dont la couverture était manifestement conçue de manière à ne pas laisser deviner son contenu. Il comprenait une demi-douzaine de gravures sur cuivre colorées à la main, des illustrations certainement indécentes au regard des normes en vigueur au moment de sa publication, mais d'une innocence presque attendrissante par rapport à ce que l'on admet aujourd'hui – d'un érotisme à peu près aussi torride qu'une publicité pour les bonbons Werther's Original. Je ne me souviens pas de ce que je lui ai payé pour les deux ou trois cartons qu'il avait apportés – quelque chose comme 200 £, probablement. Quelques semaines plus tard, un autre vendeur de livres est venu dans la boutique, a repéré le Cleland abrégé et s'en est emparé. Il avait manifestement un acheteur en vue, car il n'a même pas pris la peine d'en discuter le prix, que j'avais fixé à 150 £. Je me demande parfois où ces livres finissent par atterrir, mais il ne me viendrait pas à l'idée de juger les acheteurs en fonction de leurs centres d'intérêt.

DEUXIÈME ESPÈCE : *CUNCTATOR IMPRUDENS* (LE DÉSŒUVRÉ)

L'individu de cette espèce entre dans ma librairie avec la seule intention de tuer le temps pendant que le pharmacien voisin s'occupe de son ordonnance ou qu'un garagiste effectue une réparation quelconque sur sa voiture. Il est bloqué sans avoir rien à faire et décide de passer ce temps dans une librairie, où il est au moins à l'abri de la pluie et peut trouver quelque chose d'amusant à feuilleter en attendant. N'allez pas croire qu'il en profite pour acheter un livre. C'est presque toujours quelqu'un du coin, ce qui a pour inconvénient qu'il fait perdre son temps au libraire en lui débitant toutes sortes de ragots sur d'autres gens du quartier. S'il attend une préparation pharmaceutique, ses propos porteront généralement sur les problèmes de santé des personnes que l'on croise à la pharmacie. Ce qui, neuf fois sur dix, revient à parler des gens qui sont sur le point de mourir et de ceux qui sont morts récemment.

Ma mère adore ce genre de conversations. Elle est récemment passée à la librairie alors que Ronnie, l'électricien, était là. J'avais envoyé un message à ce dernier plusieurs semaines auparavant pour lui demander de venir faire quelques réparations, mais il m'avait répondu qu'il était malade. Une fois remis, il est venu discuter de ces travaux et s'est embarqué dans un long récit de sa maladie, comprenant des douleurs de poitrine, des difficultés respiratoires et toute une palette de défaillances physiques en tous genres. C'est alors que ma mère est entrée pour dire bonjour. À peine avait-elle entendu les mots « triple pontage coronarien » que ses oreilles se sont dressées, et Ronnie a dû recommencer son récit depuis le début, en s'attardant sur les moindres détails.

Pour en revenir aux désœuvrés, les pires casse-pieds de cette espèce sont sans doute les paysans, en particulier quand ils sont de sexe masculin et célibataires. Ces pauvres gens mènent une vie fort solitaire, souvent sur un flanc de colline humide et balayé par les vents, les mains plongées jusqu'aux coudes dans le purin et autres déjections du bétail qu'ils élèvent, de sorte que les contacts humains sont pour eux quelque chose de précieux. Parfois même une denrée rare. Autre conséquence de leur isolement, ils ont beaucoup de temps pour réfléchir et engrangent ainsi une réserve assez considérable d'opinions, sans avoir guère d'occasions de les faire connaître. Une librairie est l'endroit idéal pour ce faire. Mon ami Sandy est un homme charmant, qui cultive quelques terres au sud de Wigtown, mais quand je le vois diriger ses pas vers ma boutique, je sais que ma matinée est perdue.

TROISIÈME ESPÈCE : *CONJUX VEXATUS*
(LE CONJOINT QUI S'ENNUIE)

Il ne s'agit pas ici d'une espèce genrée. Il n'est sans doute pas tout à fait exact de la subsumer sous le genre du flâneur, mais comme il est certain que le conjoint qui s'ennuie n'est pas entré dans la librairie pour acheter un livre, je pense qu'on peut maintenir cette classification. Je suis toujours surpris de voir quelqu'un s'ennuyer dans une librairie, à l'exception peut-être de ceux qui ne savent pas lire, ce qui exclut la plupart des adultes. Bien que je répugne à citer George R. R. Martin, l'auteur du *Trône de fer*, il est difficile de ne pas être d'accord avec lui quand il dit qu'« un lecteur vit mille vies avant de mourir. Celui qui ne lit jamais n'en vit qu'une seule ». Quoi qu'il en soit, le conjoint qui s'ennuie est immédiatement reconnaissable, car la première chose qu'il fait est de repérer le siège le plus confortable de la librairie et de s'y installer en attendant que l'autre élément du couple ait fini de parcourir tous les rayons, ou prenne soudainement conscience du fait que la patience de son conjoint est une denrée limitée, en passe d'être épuisée. Que le téléphone portable soit un bienfait ou non, depuis qu'il existe, le conjoint qui s'ennuie peut au moins jouer à Candy Crush pour se distraire, jusqu'à ce que sa moitié ait satisfait sa fringale de livres. Les signes trahissant la lassitude du conjoint qui s'ennuie sont faciles à identifier : bras croisés, soupirs répétés, vérification fréquente de l'heure. Cette personne est souvent accompagnée d'un chien, ce qui lui fournit un excellent prétexte pour harceler l'autre en affirmant que leur chien s'ennuie. Dans la plupart des cas, le conjoint amateur de livres sera plus préoccupé par la contrariété canine que par celle de son ou sa partenaire, et capitulera après le quart d'heure réglementaire qui lui est accordé en de rares occasions pour se procurer quelque livre.

QUATRIÈME ESPÈCE : *HOMO QUI LIBRUM SUUM EDIDIT* (L'AUTEUR AUTOÉDITÉ)

La raison pour laquelle cette espèce se trouve classée dans le genre des flâneurs est qu'il est impossible de se débarrasser de ses représentants tant que vous n'avez pas accédé à leur demande. Loin de moi l'idée de me moquer de quiconque a écrit un livre. Mes propres efforts littéraires ont été accueillis de manière très critique et je sais d'expérience qu'il n'est guère agréable de lire un compte rendu en ligne écrit par un parfait inconnu qui se permet d'émettre quantité d'hypothèses sur votre compte. Et l'autoédition n'est par ailleurs plus stigmatisée comme un symptôme de vanité comme elle a pu l'être autrefois. Elle a même permis à des géants littéraires de se faire connaître : Marcel Proust a ainsi publié à compte d'auteur *Du côté de chez Swann*, le premier volume de *À la recherche du temps perdu*, et Beatrix Potter a fait de même pour *Le Conte de Pierre Lapin*. Mais, si l'autoédition a ouvert la voie à certaines des personnalités les plus respectées de la littérature, elle a également ouvert les vannes à quantité de nabots littéraires dont beaucoup, ne disposant pas du service marketing, de la machinerie promotionnelle et des réseaux de distribution d'un grand éditeur, n'ont d'autre choix que de jouer eux-mêmes tous ces rôles. Ils se croient donc en devoir de faire le tour des librairies et d'excéder les libraires, qui n'ont pas la moindre intention de vendre leur livre mais finissent par accepter, bien à contrecœur, d'en prendre à tout hasard trois exemplaires, dans le seul but de voir enfin ce fâcheux sortir de leur boutique. C'est une guerre d'usure dans laquelle l'auteur, injustement armé d'une grande abondance de temps et de la sombre détermination des retraités, est capable de se frayer un chemin en un éclair à travers votre ligne Maginot. Leurs livres sont invariablement des mémoires retraçant leur vie professionnelle ou des histoires écrites pour leurs petits-enfants. Rien ne semble leur procurer plus de plaisir que de faire perdre à un libraire plusieurs heures de son temps, sans autre crainte que de subir une légère éraflure à leur ego si leur livre est poliment rejeté. Mais c'est rarement le cas : l'usure permet de gagner bien des guerres. Ils ont toujours sur eux un carnet de reçus à copies carbones, et le libraire en signe un en ayant l'impression d'agiter un drapeau blanc et d'avoir lâchement abandonné les Sudètes en ratifiant les accords de Munich. Voici ce que j'écrivais dans mon journal intime le 2 mars 2020 :

> À 16 h 30, je suis descendu de mon douillet petit bureau (où j'avais essayé d'endiguer le déluge de courrier en retard en répondant à quelques mails) pour voir si tout se passait bien pour Gillian (la Menace Rousse). En m'approchant du comptoir, j'ai vu de dos une femme aux longs cheveux blonds coiffés en queue-de-cheval qui était en train de lui parler. Gillian avait un visage terreux. Mon instinct me disait de retourner illico à l'étage et de l'abandonner à la conversation qu'elle avait, visiblement à son corps défendant, avec cette femme. Il émanait quelque chose d'indiciblement déplaisant de la silhouette même de celle-ci, mais, bêtement, j'ai continué à m'approcher, par curiosité plus que par courtoisie. À l'instant même où je suis arrivé au comptoir, Gillian s'est aussitôt échappée. Je ne crois pas l'avoir jamais vue aller aussi vite – Usain Bolt n'avait qu'à bien se tenir. Il me restait donc à m'occuper de la visiteuse. J'ai tout de suite été frappé par son étrange accent, mi-anglais, mi-américain, et par son empressement à me dire qu'elle avait travaillé pour une banque bien connue, comme si le fait d'avoir un lien avec une société qui s'est effondrée en 2008 dans un nuage d'incompétence et de cupidité devait lui conférer un quelconque degré de crédibilité. Au cours des vingt minutes qui ont suivi, elle n'a pas cessé une seconde de parler, sans me

laisser placer un seul mot. Maintenant encore, je n'arrive toujours pas à discerner exactement de quoi elle parlait. Je crois me souvenir qu'il était question des Templiers, de quelques fées et de je ne sais quels moines. Rien de tout cela n'avait beaucoup de sens, et elle n'arrêtait pas de dire : « bref, je vous passe les détails », au milieu d'un récit interminable et totalement inintelligible. À 16 h 50, j'ai remarqué que Gillian avait perçu mon agacement de m'être laissé piéger par cette femme incroyablement assommante qui, comme j'ai fini par le comprendre, avait écrit un livre (je crois) et semblait penser que nous étions en mesure de lui trouver un éditeur. Pour ma plus grande joie, Gillian a commencé à éteindre les lumières et à fermer quelques portes. Ni elle ni moi n'avons réussi à masquer notre étonnement en voyant qu'Amanda (son nom est désormais imprimé dans mon esprit en lettres indélébiles, notamment grâce aux nombreuses cartes de visite qu'elle a laissées derrière elle) comprenait ce que cela signifiait et a quitté le magasin. À peine était-elle partie que Gillian et moi avons échangé ce regard complice qui suit toujours une rencontre commune avec un individu hautement narcissique. Elle m'a dit qu'avant que je ne descende, elle était restée coincée derrière le comptoir pendant une demi-heure à subir la logorrhée d'Amanda, qui avait mentionné la banque quatre fois dès la première minute et s'était étendue très longuement sur tous les voyages qu'elle avait faits – en Australie, en Nouvelle-Zélande, en Israël, en Somalie, en Afrique du Sud…

La cerise sur le gâteau, c'est quand l'auteur autoédité qui essaie de placer son livre vous déclare avec fierté : « les illustrations sont de ma petite-fille », ou : « mes amis m'ont tous dit qu'ils avaient vraiment adoré mon livre ». Dans ce genre de situation, la plupart des libraires répondent aussitôt : « Attendez un instant, je vais chercher le patron », puis vont trouver l'employé le moins bien payé de la maison et lui confient la tâche peu enviable d'aller expliquer à l'importun que la librairie n'a absolument pas la moindre intention de se charger de commercialiser son livre. Malheureusement, dans mon cas, le patron et l'employé le moins bien payé de la maison ne sont qu'une seule et même personne – moi. L'auteur autoédité a également l'habitude de s'infiltrer dans les librairies quand les employés ont le dos tourné, pour placer des exemplaires de son maudit bouquin dans les endroits les mieux exposés de la boutique. Quant aux comptes rendus, ils sont presque toujours rédigés par des proches ou par des voisins terrifiés qui s'exposent à déclencher une implacable vendetta s'ils oublient de faire l'éloge de ce « compte fantastique » (vous avez bien lu : ce compte) « des pérégrinations d'un chat autour de son jardin ».

Le seul représentant de cette espèce à ne pas susciter l'effroi des libraires est l'historien régional. Chez lui, la passion n'a d'égale que l'humilité. Il entre en général dans la boutique discrètement, avec un noble sentiment d'embarras, et finit par avouer qu'il a passé plusieurs années à faire des recherches sur l'histoire d'une base de la Royal Air Force dans la région, ou sur les noms gravés des pierres tombales de tous les cimetières locaux. Il demande alors en marmonnant si, par hasard, je n'aurais pas la possibilité de mettre en vente deux ou trois exemplaires de son livre, à quoi je réponds par un « OUI » franc et massif. Voilà quelqu'un qui s'est engagé dans un dur labeur, a fait de longues recherches et publié un matériau dont les générations futures lui seront reconnaissantes. Il s'est parfois entretenu avec des personnes aujourd'hui décédées dont il a enregistré les propos : sans ses efforts, des informations historiques de première main seraient perdues. Et ce n'est pas tout : ce sont des livres qui se vendent. Pas en bien grand nombre, évidemment, mais un tirage de cinq cents exemplaires d'un livre sur l'origine des noms donnés aux champs dans les fermes de la région peut s'écouler en un clin d'œil. Il y a un public qui s'intéresse à ce genre de sujets. Seulement dans une zone géographique très circonscrite, je l'admets, mais cela n'ôte rien au fait que ces écrivains font un travail d'une valeur inestimable.

5

Genre : *Senex cum barba* (Le retraité barbu)

Ce genre comprend des hommes et des femmes, bien que les hommes y soient tendanciellement plus nombreux (à un cheveu près). Presque tous les représentants de ce genre sillonnent le pays à bord d'un camping-car ou d'une caravane, comme une nuée de sauterelles séniles, se plaignant de tout et n'achetant jamais rien. Leur vitesse de locomotion maximale est de 50 km/h (également très populaire chez les fermiers qui parcourent les routes de campagne avec des amas de moutons morts à l'arrière de leur pick-up), si bien que tout autre individu empruntant ces mêmes routes peut être certain d'arriver en retard à ses rendez-vous. C'est apparemment la vitesse optimale de rendement énergétique, mais c'est aussi, accessoirement, la vitesse optimale pour exaspérer les personnes qui aimeraient se rendre à leur travail. Le conducteur de camping-car se soucie fort peu des autres usagers de la route : il est à la retraite et ne comprend pas – jusqu'à ce qu'il ait besoin d'un défibrillateur de toute urgence – pourquoi les autres conducteurs sont « tellement pressés ». Il semble prendre plaisir à parquer son engin dans un coin de campagne pittoresque pour y passer la nuit. Le matin venu, il dépose le contenu de ses toilettes chimiques sur le bord de la route, puis se remet en chemin dix minutes avant l'heure de pointe, afin de s'adonner à son activité préférée consistant à congestionner la circulation sur plusieurs kilomètres. Le retraité barbu stationnera à l'occasion son énorme et affreux camping-car « Crusader » (ils portent tous des noms de ce genre, « Le croisé » ou « Le maraudeur ») pile devant votre librairie pour pouvoir y entrer directement tout en la dissimulant le plus longtemps possible à la vue du public – sans rien acheter pour autant.

Une vague connaissance que j'appellerai Jane, parce que c'est son nom (merci au comique Rikki Fulton pour cette réplique classique de son personnage de pasteur dépressif, le révérend I.M. Jolly), possède un camping-car (un « Challenger », me semble-t-il), qu'elle conduit si lentement qu'elle pourrait se faire dépasser par un glacier en train de fondre. On raconte dans le pays que des moissonneuses-batteuses se seraient mises à klaxonner parce qu'elles étaient coincées derrière elle sur une route de campagne. Je suis convaincu qu'elle est à l'origine de plus d'heures de travail perdues que n'importe qui au cours des dix dernières années – à l'exception du Covid-19. Mais elle m'a demandé de notifier expressément qu'elle n'a pas de toilettes chimiques. Elle doit faire ses besoins dans les bois. Pendant que le loup n'y est pas.

Avant d'aller plus loin, il faut bien que j'avoue une chose : mes parents sont tous deux à la retraite et, bien que ni l'un ni l'autre n'ait de barbe, ils entretiennent, comme tant de retraités barbus, une relation difficile avec la technologie moderne. Ma sœur a essayé un jour de montrer à mon père comment utiliser son nouvel iPad pour faire des achats en ligne. Après son départ, il a voulu mettre en application ses connaissances toutes fraîches pour trouver où acheter le gravier le moins cher afin de refaire le revêtement de leur allée. Dans sa charmante innocence, utilisant Google pour la première fois, il a entré dans le moteur de recherche les mots anglais signifiant « gravier brut bon marché », soit : « *cheap hardcore* ». Il nous a fallu plusieurs mois pour le convaincre de donner une deuxième chance à Internet.

PREMIÈRE ESPÈCE :
HOMO VESTIMENTIS STRICTIS AMICTUS
(LE PORTEUR DE LYCRA)

Cette espèce a un statut particulier au sein du genre des retraités barbus, car – sans même parler des atrocités de ce textile qui ne laisse que fort peu de détails anatomiques à l'imagination – le porteur de lycra réussit à ralentir la circulation à une allure d'escargot grabataire grâce à son camping-car ET aux vélos accrochés à l'arrière, dans le seul but d'excéder tous ceux qui se traînent derrière lui. Avant d'attaquer un tour à vélo, le couple de retraités porteurs de lycra (car c'est généralement un couple) quitte son bivouac d'une nuit et fait route vers un parking gratuit où il laisse son véhicule surdimensionné occuper à lui seul quatre places de stationnement, voire cinq, s'il est judicieusement garé. Dans cette situation privilégiée, il décroche les vélos de l'arrière du véhicule et passe un certain temps en gesticulations diverses pour s'affubler de casques, ajuster les sangles, adapter les sacoches, vérifier les lacets – toute une gymnastique impliquant inévitablement de se pencher en avant et de faire d'autres mouvements du même genre qui mettent l'élasticité du lycra à rude épreuve –, avant d'enfourcher enfin les vélos et d'entamer la randonnée. Tout bien compté, la partie cycliste de la journée ne doit pas dépasser neuf ou dix kilomètres, mais elle ne doit pas durer moins de cinq heures.

Afin d'accomplir l'exploit physique presque impossible consistant à atteindre une vitesse moyenne de 2 km/h sur un vélo, la randonnée doit être interrompue par un arrêt dans une librairie. Durant cette pause, le couple des porteurs de lycra va droit au rayon des cartes de l'Ordnance Survey, le service cartographique de l'État, et – tout en restant planté dans l'endroit le plus mal choisi du magasin, si possible de manière à bloquer une porte ou un passage – déplie entièrement plusieurs cartes pour décider de l'itinéraire à suivre pendant le reste de la semaine. Il les replie ensuite dans le mauvais sens, en les déchirant presque à coup sûr à trois endroits au moins, et les remet à une place erronée dans le présentoir. Le duo en lycra quitte alors le magasin, sans avoir dit un mot aux employés, et, après avoir effectué une fois de plus le rituel obligatoire de vérification des sangles, casques, sacoches et lacets, se livre immanquablement à une altercation publique, chacun pointant son bras tendu et ses doigts indignés dans une direction différente, avant de repartir. Le cycliste en lycra choisit son parcours en fonction de la densité du trafic et de l'absence de possibilités de dépassement pour les véhicules qui ont la malchance d'être derrière lui, ce qui donne lieu à des embouteillages assez conséquents pour être visibles depuis l'espace et faire la une de la presse locale. De retour à son camping-car, le couple infernal redémarre son « Swift Avenger » et se traîne jusqu'à un autre lieu où passer la nuit, dans un paysage riant, si possible en obstruant la vue de quelqu'un et à proximité d'un joli ruisseau d'eau claire où vider le contenu toxique de ses toilettes chimiques le lendemain matin.

DEUXIÈME ESPÈCE :
HOMO BRACAS RUBRAS GERENS
(LE PANTALON ROUGE[1])

Nouvel échec flagrant de ma taxinomie linnéenne : je suis bien obligé d'avouer que cette

1. En français dans le texte. Les « *red trousers* » sont un élément vestimentaire très apprécié des membres de la

espèce n'a pas de barbe. Le *pantalon rouge* est presque toujours glabre. Dans le cas du mâle, c'est en général parce qu'il a passé quelque temps dans l'armée (comme officier) ou qu'il a fréquenté une institution quelconque dans laquelle la pilosité faciale n'est pas tolérée. Il n'est pas obligatoire que les pantalons en question soient en velours côtelé, mais c'est préférable. Il est également bien vu qu'ils soient légèrement mal ajustés, si possible trop courts de quelques centimètres, permettant d'admirer des Richelieu impeccablement vernies. Parmi les représentants masculins de cette espèce, il est de bon ton d'être ou bien en net surpoids, ou bien très mince et très grand. Le *pantalon rouge* a plus de cinquante-cinq ans et a des enfants qui sont agents de change ou qui sont mariés à des agents de change.

Cette espèce n'a rien de désinvolte ni de tortueux. Le *pantalon rouge* n'est pas un fureteur. Il sait exactement ce qu'il veut (en général des ouvrages d'histoire militaire ou de généalogie, des livres sur la chasse ou l'héraldique) et va en quête de livres avec un esprit de décision assez troublant. Une fois qu'il a trouvé l'ouvrage qu'il cherchait, il ne s'informe jamais de son prix et ne sourcille jamais quand on le lui annonce, même s'il est exorbitant. À l'exception

---

haute société et de ceux qui aspirent à en faire partie. Marqueur social fort, signe de distinction ou de snobisme, ils semblent polariser beaucoup les opinions dans la société anglaise. *(N.d.T.)*

des bidasses qu'il a eus sous ses ordres, il n'a jamais fréquenté de plein gré un être humain qui ne soit pas un *pantalon rouge* et, de ce fait, il parle à ses congénères comme si toutes les personnes présentes l'étaient aussi. Cela n'a pas manqué de créer des situations assez embarrassantes dans ma librairie, car les *pantalons rouges* ne constituent qu'un très faible pourcentage de ma clientèle. Le représentant de cette espèce est un carnivore vorace, et, même s'il a une vague notion de ce qu'est le végétarisme (la petite amie d'un de ses neveux est végétarienne), ses idées à ce sujet tendent à se limiter au fait que Hitler était végétarien – « et regardez ce qu'il est devenu ! ». La plupart des *pantalons rouges* de sexe masculin sont d'ailleurs fermement convaincus que « végane » est le nom d'une des lunes de Jupiter. Aucun individu de cette espèce n'est entier s'il n'est accompagné au moins d'un labrador, de préférence noir et baptisé d'après un personnage historique ou quelque objet lié aux forces armées. Panzer, par exemple, est un nom parfait. Ou Mauser. En fait, en y réfléchissant bien, les Allemands ont accaparé le marché dans ce domaine. Vous n'allez quand même pas baptiser votre chien Mitrailleuse Gatling ou Fusil Lee-Enfield, n'est-ce pas ? Mais vous pouvez peut-être vous en tirer par une référence aux héros de la dernière guerre, Winston ou Monty, par exemple.

Les représentantes féminines de cette espèce peuvent être réparties grossièrement en deux sous-espèces : d'intérieur et de plein air. Toutes deux sont absolument terrifiantes. Il est rare qu'elles portent un pantalon rouge, mais elles arborent immanquablement un uniforme. Je ne suis pas assez bien informé pour savoir quelle société fabrique leur tenue, mais elle a dû faire fortune, car leur conformité à ces exigences vestimentaires semble relever d'un impératif. Lesdites tenues comprennent une sorte de gilet en tartan écossais vert, fait dans un tweed extrêmement résistant – un genre de vêtement avec lequel on doit pouvoir faire des cabrioles dans les broussailles sans qu'une maille en pâtisse. Ce gilet est obligatoirement accompagné d'une veste cirée (de chez Barbour). La variante de plein air de la femme *pantalon rouge* se doit de porter un pantalon qu'elle a tricoté elle-même avec la fourrure d'un mammifère d'une espèce depuis longtemps disparue, qui était restée suspendue au mur de sa demeure ancestrale pendant plusieurs centaines d'années – le résultat est suffisamment rugueux pour pouvoir desquamer un rhinocéros. Tous les éléments de son habillement sont d'une couleur qui a sans doute été conçue dans le seul but de dissimuler la boue, dont une fine pellicule la recouvre en permanence. Seul trait qui la rapproche un peu de la cartomancienne, ses vêtements sont couverts de poils d'animaux, mais, dans son cas, il s'agit le plus souvent d'un mélange d'animaux domestiques et d'une variété de bétail. Elle se coupe les cheveux elle-même, et sa coiffure répond à des critères pratiques. Aucune intempérie, aussi désagréable soit-elle, ne l'empêchera de promener ses chiens, qu'elle chasse de la maison à grands coups de pied s'ils montrent la moindre réticence à sortir faire un tour. C'est une tireuse enthousiaste, elle monte à cheval, adore écorcher les lapins et plumer les faisans – et toutes ces passions se reflètent dans les intérêts littéraires qu'elle exprime lorsqu'elle se rend dans une librairie. Elle se dirige alors vers le comptoir avec un regard à vous faire rentrer sous terre et aboie l'un des mots suivants : « chiens ! », « cuisine ! », « chasse ! ». « Chiens ! » signifie qu'elle souhaiterait consulter quelque ouvrage sur l'entraînement des chiens de chasse ; « cuisine ! », qu'elle serait ravie d'acquérir un livre de recettes pour apprêter le gibier (exclusivement) ; « chasse ! », qu'elle aimerait savoir si vous avez en rayon des livres publiés avant l'interdiction de la chasse à courre, au renard et au lièvre.

Son homologue d'intérieur est normalement d'une constitution moins robuste. Elle prend soin de son apparence, mais sans que cela saute aux yeux. Elle se fait couper les cheveux à Londres parce qu'« une coupe de cheveux provinciale, vous comprenez, ça se remarque à un kilomètre à la ronde ». Elle n'approcherait pour rien au monde d'un cheval, mais elle adore les courses de chevaux. Ses vêtements sont d'une étoffe infiniment moins grossière que celle dont s'habille sa consœur de plein air, avec laquelle elle s'entend bien malgré leurs personnalités extrêmement différentes – pour la simple raison qu'elles sont toutes deux des *pantalons rouges*. À aucun prix elle n'accepterait de sortir le chien et, lorsqu'elle entre dans une librairie et s'y promène d'un air rêveur, ses goûts la portent à composer un délicat mélange de ses autrices favorites – une pointe de Bloomsbury (en particulier Virginia Woolf) agrémentée d'un soupçon de sœurs Mitford. Elle adorerait que ses petits-enfants lisent Beatrix Potter et Helen Bannerman, mais, au lieu de cela, « ils veulent absolument lire cet affreux David Walliams ». Je lui suis néanmoins reconnaissant de contribuer à faire tourner le rayon Jeunesse grâce aux cadeaux – peu appréciés – qu'elle leur fait.

Les *pantalons rouges* traitent les employés d'une librairie avec un mélange déroutant de politesse absolue et du plus complet mépris. C'est peut-être le client le plus désarmant que l'on puisse rencontrer dans ce négoce, quelqu'un qui vous remplit à la fois d'une chaleur réconfortante et d'une colère difficile à réprimer.

TROISIÈME ESPÈCE :
HOMO QUI IN PARVAM DOMUM MOVIT
(LE RETRAITÉ DONT LA MAISON A RAPETISSÉ)

C'est un client que l'on ne rencontre pas dans les librairies de livres neufs, mais qui fait des apparitions quotidiennes chez les libraires d'occasion, essayant de les convaincre que son exemplaire défraîchi de *Votre voiture et vous. Une Sélection du Reader's Digest* vaut une fortune, ou que son édition de 1978 du *Guide des prix. Antiquités et objets de collection* de Judith

Miller a marqué une étape capitale dans l'histoire de la littérature anglaise. Comme l'immobilier est relativement bon marché dans le coin de l'Écosse où se trouve ma librairie, un assez grand nombre de personnes viennent s'y installer pour passer leurs vieux jours, après avoir revendu les parts de propriété qu'ils possédaient déjà en des lieux où les prix de l'immobilier sont plus élevés. Cet afflux de retraités soulève des problèmes spécifiques – la pression accrue sur le système de santé, le manque de logements pour les plus jeunes –, mais comporte aussi des avantages : le festival du livre de Wigtown repose en grande partie sur des bénévoles, et ces nouveaux arrivants constituent une réserve importante de personnes aux compétences utiles. Avocats et comptables à la retraite sont très vite enrôlés. Cela étant, dans la plupart des cas, ces pensionnés migrateurs emménagent dans des logements plus petits et sont obligés de se défaire d'une partie de leurs biens. Rien de surprenant à ce que, lorsqu'ils doivent se débarrasser de livres, ils préfèrent garder ceux qu'ils ont beaucoup aimés et tentent de refiler aux libraires d'occasion les bouquins dont ils ne veulent plus ou n'ont plus besoin. Il arrive qu'il y ait dans le lot quelque volume intéressant, mais il est toujours surprenant de voir combien de gens nous apportent avec optimisme des exemplaires du *Guide 1988 des bons pubs*, des numéros dépareillés du *National Geographic*, une *Good News Bible* ou *Comment se faire des amis* de Dale Carnegie, en espérant recevoir de grosses sommes d'argent pour des livres absolument dépourvus de valeur à tous points de vue.

Il est facile de repérer le retraité dont la maison a rapetissé, car sa voiture a d'habitude aussi rapetissé, et il a remplacé l'ancienne Volkswagen break par un véhicule neuf, mais nettement moins volumineux. Si vous voyez un retraité barbu sortir un carton de bananes plein de livres du coffre d'une Nissan Micra rouge flambant neuve et se diriger vers vous, le spéculateur boursier qui sommeille en vous devinera aussitôt que vous allez entendre parler de « manque de place » dans les trente prochaines secondes. Il y a quelque chose d'exaltant et de déprimant à la fois chez le retraité dont la maison a rapetissé : il est heureux parce qu'il ne travaille plus, qu'il a du temps et de l'argent et qu'il a emménagé dans un endroit qu'il aime. Mais il est triste de devoir se débarrasser de choses qui lui ont manifestement tenu à cœur. Ses enfants ont quitté le foyer, et il se retrouve « désormais dans le champ de mines » – pour reprendre une des expressions favorites de ma mère depuis qu'elle a passé le cap des soixante-quinze ans –, et sa maison rapetissée sera probablement celle où il finira ses jours.

QUATRIÈME ESPÈCE : *HOMO AVARUS* (LE RADIN)

Ici encore, il s'agit peut-être d'une espèce particulière aux librairies d'occasion et dont le vendeur de livres neufs pourrait bien avoir la chance d'ignorer l'existence. Et je lui souhaite de continuer à l'ignorer le plus longtemps possible. Le radin n'est pas simplement mesquin : il est d'une mesquinerie sans limites. Ce n'est pas toujours un retraité, mais même les représentants de cette espèce qui sont d'un millésime sensiblement plus récent exhalent une odeur de boules de naphtaline et de flanelle grise fraîchement repassée qui tend à les catapulter d'office dans le genre des retraités barbus. Tous les libraires d'occasion ont déjà eu affaire au client qui considère qu'acheter deux livres d'un coup est un « achat de gros ». Pour le radin, la notion d'inflation est incompréhensible, ce qui ne l'empêche pas de savoir pertinemment que la valeur de sa maison a triplé depuis qu'il l'a achetée en 1992. Voir une troisième édition en parfait état des *Principia Mathematica* de Newton, datant de 1726, mise en vente à 6 000 £ le met dans tous ses états, attendu que le prix de ce livre au moment de sa parution était de 4 pence. Le libraire se voit alors accusé de malhonnêtetés en tous genres pour avoir exigé plus que le prix original pour ce « vieux bouquin » et vilipendé pour sa « rapacité à l'état pur » – comme l'a si bien dit Bernard Black, le libraire de la série *Black Books*.

J'ai un couple de clients qui fait partie de cette espèce mais qui a trouvé le moyen d'éviter tout aspect conflictuel. Ils sont visiblement mariés mais se séparent à l'amiable en entrant dans la librairie, où ils s'évitent pendant au moins une heure pour fureter dans tous les coins. Quand enfin ils se présentent au comptoir, chacun d'eux a réussi à dénicher au moins cinq livres qui sont en rayon depuis 1970 et dont, depuis lors, personne n'a pensé à changer le prix. Ils devraient coûter environ 20 £ chacun, mais à cause de ma paresse, aggravée par le fait que nous avons cent mille livres en stock, ils ont tous conservé l'indication originale de 1 £. Je ne sais absolument pas comment ces deux radins réussissent à les repérer, mais ils opèrent chaque fois avec une telle détermination – comme des cochons cherchant des truffes – que je ferais sans doute bien de les embaucher l'un et l'autre. Ils ont tous deux la soixantaine, lui a une très fine moustache, un peu comme celle de George Orwell à l'époque de sa vie la moins heureuse de ce point de vue. La sienne à elle est beaucoup plus luxuriante, et si je possédais un peigne, je ne pourrais résister à l'envie de me pencher au-dessus du comptoir pour la débarrasser des miettes du petit déjeuner d'hier, pendant qu'elle ouvre à contrecœur son porte-monnaie miteux et cherche de quoi payer parmi les quelques pence qui lui restent. Ils ne tentent pas de marchander, parce qu'ils savent qu'ils ont déjà fait une bonne affaire, mais la transaction m'est quand même désagréable car nous savons tous trois qu'eux s'en tirent beaucoup mieux que moi.

6

Genre : *Viator non tacitus* (Le voyageur non silencieux)

Chiang Yee, un Chinois né à Jiujiang en 1903, a écrit et illustré une belle série de livres en prenant comme nom de plume « Le voyageur silencieux ». Le premier d'entre eux était intitulé *Le Voyageur silencieux à Londres* (il avait en fait été précédé du *Voyageur silencieux : un artiste chinois dans le Lake District,* mais c'est l'opus sur Londres qui a servi de point de référence pour la série qui allait suivre). Le charme de ces ouvrages tient à la façon inhabituelle dont Yee voit le monde : il cherche à saisir la vie quotidienne avec une « curiosité positive », étant conscient que même les activités les plus banales – laver ses vêtements ou promener son chien – peuvent devenir un sujet d'étonnement et de perplexité lorsqu'elles sont vues par les yeux d'un étranger qui ne dispose pas des codes culturels familiers à ceux qui les accomplissent. Robert Burns, comme si souvent, semble avoir été doué d'une sorte de prescience. Cent soixante-deux ans avant la publication du livre de Chiang Yee, *Le Voyageur silencieux à Édimbourg* (Methuen, 1948), Burns avait écrit, dans son poème « À un pou » :

Ah, si quelque puissance nous accordait le don
De nous voir tels que les autres nous voient !

Quand j'acquiers des volumes de Yee pour ma librairie, je me demande souvent s'il avait lu ces vers et s'il savait que Burns les avait écrits après avoir observé une dame fort respectable de sa paroisse, assise devant lui dans une église écossaise humide et qui semblait ignorer que ses cheveux étaient infestés de poux. J'espère qu'il connaissait cette histoire. Quoi qu'il en soit, le regard que portent les étrangers sur nous ne peut que contribuer à mettre en lumière l'étrangeté de nos propres habitudes. Yee y parvient en nous observant en silence. De ce point de vue, les clients dont il va être question ne lui ressemblent en rien. Alors que Yee aimait passer inaperçu, les individus du sixième genre font beaucoup d'efforts pour attirer l'attention sur eux. Je ne crois pas que ce soit toujours conscient, peut-être est-ce même tout à fait involontaire, mais c'est, à coup sûr, terriblement agaçant.

PREMIÈRE ESPÈCE : *HOMO STRIDENS*
(LE SIFFLOTEUR)

Cette espèce n'a malheureusement rien à voir avec le peintre américain James Whistler – dont le nom signifie « siffleur » – et qui a immortalisé sa mère sur la toile. Le siffloteur est un homme (c'est toujours un homme) qui ignore complètement que son habitude de siffloter est profondément irritante et détestable pour les gens qui l'entourent, surtout quand ce qu'il siffle ne présente pas la moindre ressemblance avec une quelconque mélodie – ce qui est toujours le cas. J'ai d'ailleurs l'impression qu'il s'agit d'un phénomène particulier aux librairies – on n'entend pas souvent des gens siffloter dans les trains, ni au supermarché. Ni où que ce soit d'autre, en fait. C'est d'ordinaire une manifestation involontaire d'absence de savoir-vivre chez des gens qui n'ont pas vraiment l'intention d'acheter un livre et errent sans but parmi les rayons. Pour quelque mystérieuse raison, ils s'imaginent que siffloter leur fera passer un moment plus agréable, de même qu'aux autres clients présents dans la boutique. C'est sans doute un comportement inconscient, ou un tic purement nerveux, mais, bon sang !, que ne donnerais-je pas pour qu'ils arrêtent ! Même les regards les plus cinglants n'ont pas le moindre effet sur leur exécution de l'air qu'ils prétendent siffler. On arrive parfois à saisir par hasard quelques notes d'affilée que l'on croit reconnaître, on se dit : « Oh, la huitième symphonie de Mahler » ou « Ah, le thème d'un James Bond », mais la note suivante vient aussitôt réduire à néant toute hypothèse, et l'on comprend que ce solo à vent est absolument dépourvu du moindre caractère musical. Si l'on soumettait les épanchements sonores du siffloteur à une analyse scientifique, je suppose qu'ils présenteraient quelque parenté avec le nombre Pi – ce nombre sans fin dont les décimales ne se répètent jamais. Ces suites de notes ennuyeuses et exaspérantes pourraient même former par inadvertance une œuvre du genre de celles que John Cage, le génie de l'avant-garde musicale, rêvait de composer.

DEUXIÈME ESPÈCE : *HOMO STERNUENS* (LE RENIFLEUR)

De toutes les espèces énumérées dans ce livre, c'est de loin celle dont j'ai le plus envie de saisir les spécimens par les épaules et de les secouer comme des pruniers. Je ne comprends pas – je ne comprendrai jamais – pourquoi certaines personnes, lorsqu'elles sont enrhumées, préfèrent renifler continuellement, à intervalles réguliers, plutôt que de se moucher. Un nombre surprenant d'individus qui font partie de cette espèce sont emmitouflés dans un anorak. Je soupçonne qu'ils vivent sous une tente, dans le jardin de leurs parents. Leurs centres d'intérêt sont variés, et on a autant de chances de trouver leur nez morveux dégoulinant sur les pages d'un roman d'Agatha Christie que sur un exemplaire de la première édition, parue à Dublin en 1786, du *Discours sérieux sur les dangereuses conséquences de négliger les toux et les rhumes communs* de Thomas Hayes. Le renifleur (car, une fois encore, il s'agit presque toujours d'un homme) ignore béatement que ses inspirations nasales métronomiques et bruyantes sont à la fois désagréables et horripilantes. Qu'il se promène dans le magasin ou s'attarde à feuilleter un livre ici ou là, il ne manque pas de renifler toutes les trois secondes, avec un timing d'une précision telle qu'elle en devient inquiétante. La tentation de lui fourrer un mouchoir dans sa main molle et moite est presque irrésistible, mais ce serait parfaitement vain, je le sais d'amère expérience. Une fois, dans le train de Dumfries à Carlisle, j'ai proposé à l'homme au nez coulant assis derrière moi de lui acheter un paquet de mouchoirs – ma proposition a été accueillie par un regard chargé d'une indignation aussi agressive que si j'avais insinué que ses parents étaient frère et sœur. Ce qui n'est d'ailleurs pas impossible.

TROISIÈME ESPÈCE : *HOMO SUSURRANS*
(LE FREDONNEUR)

Je ne vous en voudrai pas si vous pensez qu'il s'agit à peu près de la même espèce que le siffloteur, mais ce n'est pas le cas. Il y a quelques différences fondamentales, dont la principale est que le fredonneur a normalement la décence de faire quelques efforts pour s'en tenir à une mélodie reconnaissable. Alors que le siffloteur produit une série de notes à faire pâlir le plus sophistiqué des générateurs de nombres aléatoires, le fredonneur se targue de fidélité musicale. La mélodie en question, il faut bien l'avouer, est généralement atroce (pensez à quelque tube de Take That ou de Cliff Richard), mais il s'agit quand même d'une séquence de notes identifiable comme telle. Ce qui ne la rend pas moins agaçante.

Il arrive de temps en temps qu'un fredonneur ET un siffloteur soient présents en même temps dans la librairie. Un optimiste pourrait espérer que ces forces s'annulent l'une l'autre, mais c'est malheureusement le contraire qui se produit : ces deux petites ondes sonores légèrement irritantes se conjuguent alors pour former un seul flux sonore dévastateur, véritable tsunami d'abomination auditive.

QUATRIÈME ESPÈCE : *HOMO CREPANS* (LE PÉTEUR)

Le représentant de cette espèce peut être tout à fait silencieux, et il l'est d'ailleurs le plus souvent. D'un certain point de vue, il y a pourtant quelque chose d'un peu plus noble chez un péteur audible : c'est un individu qui semble au moins avoir le courage de ses convictions intestinales. Le péteur a généralement le bon goût de chercher un coin tranquille et inoccupé du magasin pour commettre son fétide méfait, mais il arrive

– par nécessité ou par malveillance, je ne sais – qu'il se lâche au comptoir. Souvent, quand je me promène dans le magasin en rangeant des livres sur les étagères, je traverse soudain un petit nuage de gaz d'échappement fraîchement expulsés par quelqu'un. Il est en général assez facile d'identifier le coupable, mais pas toujours. Si vous voyez quelqu'un qui se hâte de filer en douce, il n'est pas déraisonnable de suspecter que ce pourrait bien être lui.

Récemment, alors que j'étais derrière le comptoir de la librairie en train de vérifier le prix de quelques livres que j'avais achetés dans une maison près de Girvan, j'ai remarqué une odeur nettement sulfureuse dans l'air. Nous n'étions que deux dans le magasin, l'autre était un homme âgé portant un pantalon beige foncé remonté jusque sous la poitrine et une paire de Crocs marron. Il s'éloignait lentement, un sourire bénin aux lèvres. Nous savions tous deux qui était le fautif, mais, à en juger par son sourire, j'ai le sentiment que, loin d'éprouver quelque vague remords, il ressentait une certaine fierté. J'étais presque tenté de rendre hommage à son audace.

CINQUIÈME ESPÈCE : *HOMO REPROBANS* (LE RÂLEUR)

L'espèce de clients que je vois avec le plus de déplaisir pénétrer dans ma librairie est sans doute celle des râleurs. On pourrait presque multiplier par deux le taux de désagrément causé par chacune des autres espèces décrites dans ce livre si l'on découvrait que leurs représentants – en plus de leurs autres tares manifestes – sont aussi des râleurs. Le râleur est sorti du ventre de sa mère en affichant d'emblée un air de remontrance et de blâme. S'il avait été capable de parler à sa naissance, il aurait sans aucun doute eu « deux mots à dire » à l'obstétricien, aux infirmières, à la sage-femme et au personnel de service de la clinique – sans oublier l'architecte et les maçons. Rien n'est assez bon pour lui, et il le fait largement savoir par ses hochements de tête incessants et ses grognements réprobateurs. Ces derniers évoquent vaguement le rauque appel d'un animal en rut, mais d'un animal avec lequel aucune créature saine d'esprit ne voudrait s'accoupler. Comme certaines espèces d'experts, le râleur recherche activement les déceptions. Il n'éprouve jamais la moindre envie de raconter à ses amis (des râleurs aussi, tous autant qu'ils sont) ce qu'il a vécu d'agréable – un bon service, un excellent repas ou des toilettes propres. Bien au contraire. Quand il ne peut entonner la litanie de ses lamentations, le râleur n'a pas de conversation. J'aime imaginer que je lui rends service, quand il vient dans ma librairie, en lui disant que je n'ai aucun exemplaire du livre qu'il cherche (même si j'en ai un) ou en ignorant soigneusement sa demande de renseignements jusqu'à ce qu'il aboie pour la troisième fois son « excusez-moi ! » avec une telle indignation qu'on doit l'entendre de l'autre côté de la rue.

Les prix sont aussi une excellente pâture pour les râleurs. Tout – même ce qui est très bon marché – est « une arnaque ». Politiquement, le râleur est conservateur et convaincu que le *Daily Mail* s'est aventuré un peu trop à gauche.

On ne peut absolument rien faire pour contenter un râleur, si ce n'est le décevoir. Cela dit, non seulement il n'y a rien de plus facile, mais c'est aussi extrêmement divertissant. Les rares fois où il en vient un à la librairie avec des livres à vendre (le râleur n'est généralement pas un grand lecteur), il refuse toujours mon offre – aussi généreuse soit-elle – et ressort furieux en s'écriant : « Je préférerais donner mes livres à une œuvre caritative plutôt que d'accepter une somme pareille. » Ce qui est un bon condensé du râleur : une personne tellement convaincue que le monde entier est ligué contre elle qu'elle préfère ne rien recevoir pour sa collection de Jeffrey Archer (qui ne vaut presque rien) plutôt que les 20 £ que vous lui avez offertes dans un mouvement de compassion mal placée.

7

Genre :
Homo parentum historiae studiosus
(Le généalogiste)

Je suis fermement convaincu que, puisque nous descendons tous d'un ancêtre commun, il n'est pas vraiment intéressant ni important de faire des recherches sur l'histoire de sa propre famille. Votre arrière-grand-père a reçu une balle perdue dans le derrière à la bataille d'Ypres – et alors ? S'il avait découvert un remède contre la maladie de Weil ou trouvé la solution du dernier théorème de Fermat, son nom aurait eu une place assurée au panthéon de l'Histoire. En vérité, nous vivons pour la plupart des existences très banales et, même si nous nous plaisons à imaginer que nos ancêtres ont accompli de grandes choses, il reste hautement probable qu'il n'en est rien. Il n'y a vraiment pas de quoi être fier d'avoir un arbre généalogique. On aurait bien plus de raisons de l'être d'avoir planté un arbre, un vrai.

D'après mon expérience de libraire, les gens qui étudient l'histoire de leur famille le font en général pour prouver quelque chose, et le plus souvent quelque chose d'assez insignifiant. N'oublions pas que dix générations, cela représente trois cents ans. Au cours de ces trois siècles, il est très vraisemblable que l'un ou l'autre de vos ancêtres ait eu une liaison avec un majordome ou une femme de chambre, qu'il y ait eu quelqu'un pour cracher dans votre cocktail génétique – quoi que vous puissiez penser de la pureté de votre lignage.

PREMIÈRE ESPÈCE : *HOMINES MUNDI NOVI* (LES AMÉRICAINS)

Malgré le fait que leurs ancêtres ont émigré il y a bien des générations depuis un coin perdu de la campagne écossaise vers un coin perdu de la campagne américaine, ces personnes continuent à se considérer comme des Écossais. Ou pire encore, des « Scotch ». Quand ils viennent dans ma librairie, ils prennent souvent un ton autoritaire pour me demander : « Où avez-vous rangé votre collection de livres sur le clan (insérez ici un nom écossais quelconque) ? » – comme si on avait publié une bibliothèque entière sur leur famille, qui a survécu sur des strates de Fous de Bassan en décomposition, à Saint-Kilda ou sur quelque autre îlot rocheux au large des côtes écossaises, au fil d'innombrables générations affligées de handicaps génétiques. Je ne nie pas qu'il y ait là quelque chose de fascinant – je suis toujours stupéfait que l'on ait pu vivre à Saint-Kilda, ce rocher tout hérissé d'aspérités qui semble avoir été jeté au beau milieu de l'Atlantique par une divinité cruelle dans le seul but de faire le malheur de ses habitants. Mais, si ces derniers faisaient partie de l'histoire de ma famille, j'irais vite planter mes racines dans un sol plus clément plutôt que de m'accrocher à la terre stérile de mon passé ancestral.

L'immense majorité de ces clients n'est toutefois pas originaire de Saint-Kilda, mais descend de familles qui ont été privées de leurs droits et que la nécessité a poussées à traverser l'océan à la suite des expulsions dans les Highlands et dans les Lowlands (mon ami Andrew Cassell a écrit un superbe livre sur les expulsions beaucoup moins connues qui ont frappé les habitants des Lowlands). Je suis presque sûr que le représentant de cette espèce ne cherche au fond rien d'autre qu'une preuve quelconque attestant qu'il est en réalité chef de clan et possesseur par droit de naissance d'une ruine humide à Argyll, alors qu'il est infiniment plus probable que son arrière-arrière-arrière-grand-père était moins le chef que le type qui nettoyait les latrines du clan. Il est touchant, malgré tout, de le voir se sentir si passionnément attaché à ce bout de terre qui a pondu un de ses ancêtres, il y a six ou sept générations. Une terre dont les propriétaires ont tellement mal traité son aïeul que, contraint de choisir entre continuer de vivre en des lieux qu'il connaissait depuis toujours ou s'embarquer pour un périlleux voyage à travers l'Atlantique vers un monde totalement inconnu, il a opté pour la seconde solution.

DEUXIÈME ESPÈCE :
IL N'Y A PAS DE DEUXIÈME ESPÈCE

Après avoir longuement réfléchi à la question en prenant mon bain ce soir, je me rends compte que les questions d'histoire familiale n'intéressent personne, à part les Américains. Il arrive que des Australiens ou des Néo-Zélandais fassent un semblant d'enquête sur leurs origines, mais, dans l'ensemble, ce sont les clients américains qui paraissent obsédés par ce sujet. Je ne comprends pas vraiment pourquoi il en est ainsi. Comme si se déclarer Américains ne leur suffisait pas. Mais peut-être que, dans un pays d'immigrants, la meilleure façon de se distinguer est de se raccrocher à un fragment du pays que sa famille a quitté, même si c'est une histoire qui remonte à un lointain passé. Moi qui suis né d'une mère irlandaise et d'un père anglais, je me sens vaguement apatride et, en tant que tel, je m'identifie sans doute plus que je ne le devrais au pays où je suis né : l'Écosse. Il est bien plus commode de répondre à la question : « D'où venez-vous ? » par un seul mot plutôt que de se lancer dans un long (et ennuyeux) exposé sur votre arbre généalogique. Il serait peut-être plus simple que tout le monde s'accorde à donner la même réponse à cette question : « De la vallée du Grand Rift. »

Bonus

Linné avait évidemment une bien meilleure maîtrise de son système de classification que moi, car le mien est franchement raté. J'avais pensé placer les genres qui restent ailleurs, mais – comme cela arrive presque toujours dans la manière dont je mène mes affaires – un élément perturbateur s'est subrepticement introduit dans le système, et me voilà obligé d'insérer ces derniers chapitres dans mon livre de manière tout à fait artificielle, sous le prétexte évidemment fallacieux d'offrir un « bonus » ou d'ajouter in extremis un « post-scriptum » à mon texte. J'aurais sans doute dû prévoir que ma taxinomie comprendrait aussi le genre des employés, ainsi que, bien malgré moi, celui des clients aimables. Il est trop tard maintenant – à l'heure où j'écrivais ces lignes, le communiqué de presse avait été diffusé, et le titre anglais n'annonçait que sept genres de lecteurs. Ce qui suit est donc une douceur en prime, à laquelle j'espère que vous prendrez plaisir – avec toutes mes excuses pour cette incohérence.

8

Genre : *Operarii* (Les employés)

De toutes les espèces abordées dans ce livre, celle des employés est la seule que vous pouvez être sûrs de toujours rencontrer dans une librairie. L'employé est le médiateur, le combattant du front, la piétaille de ce métier – et il en souffre. Tout le monde a quelque domaine de prédilection dans lequel il possède une quantité de connaissances supérieure à la moyenne, mais les clients ont tendance à présumer que, du simple fait qu'il passe ses journées entouré de livres, l'employé de librairie en sait autant qu'eux à propos de la vie de William Makepeace Thackeray. Est-il vraiment raisonnable d'attendre d'une étudiante en médecine de dix-huit ans, qui travaille à temps partiel à la librairie Waterstones, qu'elle sache que la femme de Thackeray, qui souffrait de dépression, a tenté de se suicider en sautant du bateau lors d'un voyage entre Anglesey et Dún Laoghaire, et que sa tentative a échoué parce que sa jupe à crinoline a agi comme un ballon et l'a maintenue à la surface de la mer d'Irlande pendant que le navire faisait demi-tour pour la sauver ? Cela n'empêchera pourtant pas l'expert de Thackeray de prendre un malin plaisir à mettre à nu l'ignorance de l'étudiante, oubliant qu'il en sait beaucoup moins qu'elle, par exemple, sur la fonction endocrinienne des îlots de Langerhans (*insulae pancraeticae*).

Je dois préciser que les trois premières espèces du genre des employés se rencontrent essentiellement dans les librairies de livres neufs. Le monde des livres d'occasion est, hélas, en grande partie peuplé de personnes qui possèdent et gèrent seules leur propre affaire et qui – à quelques exceptions près – ne peuvent pas s'offrir le luxe d'avoir des employés. La première espèce, incarnée par l'étudiant Hugo, est peut-être la seule exception à cette règle : tel le colosse antique surplombant l'entrée du port de Rhodes, il domine les deux versants de ce métier, le plus souvent sans être nu (Dieu merci) et sans jamais uriner dans la mer Égée.

PREMIÈRE ESPÈCE : *DISCIPULUS HUGO* (L'ÉTUDIANT HUGO)

L'étudiant Hugo est le cousin de la tante du père du propriétaire de la librairie (ou quelque chose comme ça), d'une branche de la famille qui s'en est nettement mieux sortie que celle du libraire. Il est en dernière année à l'université et, parmi ses parents, un sadique – un oncle qui s'ennuie ou une marraine vindicative – a décrété que, pour le jeune Hugo, passer tout un été à travailler dans une librairie serait une expérience riche d'enseignements – l'enseignement principal étant sans doute que travailler dans une librairie est une idée singulièrement mauvaise. Dans la branche familiale du propriétaire de la librairie, personne ne sait vraiment qui est Hugo, mais il est rattaché par une sorte de lien génétique au libraire – ce que celui-ci, en faisant la connaissance de son lointain parent, sera fort peu ravi de découvrir. Hugo est le fils aîné d'un *pantalon rouge*, il n'arrête pas de sourire et croit que Toulouse-Lautrec est un club de rugby français. Après un séjour de six mois à la librairie (au cours duquel il n'aura réussi à se faire apprécier d'aucun autre employé et n'aura été d'aucune utilité à personne, pas même à un seul client), il sera catapulté à un poste de la Lloyd's of London, pour la simple raison que la grand-tante Spanky (Anne de son vrai nom) a le bras long. Une fois là-bas, il passera le reste de sa vie professionnelle à prendre nonchalamment des décisions financières catastrophiques avec l'argent des autres et à en être grassement rémunéré. À l'université, il est en train de passer les derniers examens de ses études sur le tétras-lyre (*Lagopus lagopus scotica*), suivant les conseils de l'oncle Pongo (Rupert de son vrai nom), qui lui a recommandé de choisir le cursus qui comprend le moins d'heures de cours et qui, par une coïncidence qui n'a rien de surprenant, se trouve être aussi celui dans lequel on accueille les étudiants ayant eu les résultats les plus pitoyables au baccalauréat. Tout cela n'empêche pas l'étudiant Hugo d'être un jeune homme affable, gentil et généreux. Si vous voulez entendre son portrait tout craché, vous ne sauriez mieux faire que d'écouter la superbe série radiophonique de Marcus Brigstocke, *Giles Wemmbley-Hogg met les voiles*.

DEUXIÈME ESPÈCE : *DISCIPULA MARIA* (L'ÉTUDIANTE MARY)

L'étudiante Mary travaille elle aussi en librairie pendant les vacances universitaires, à cette différence près qu'elle est là parce qu'elle a besoin d'argent et qu'elle est passionnée de littérature. Contrairement à l'étudiant Hugo, elle est en mesure de répondre à presque toutes les questions des clients. Sa passion pour la langue écrite l'a amenée à se lancer dans une imprudente maîtrise de littérature, portant sur « L'effet de la mort des personnages masculins sur les personnages féminins dans l'œuvre de William Faulkner entre 1929 et 1936 », ou quelque chose d'approchant, s'assurant ainsi que ses brillantes qualités universitaires n'auront jamais la moindre chance de lui ouvrir une carrière lucrative. Alors que l'esprit de l'étudiant Hugo est rarement troublé ne serait-ce que par le plus léger cirrostratus de pensée originale, et qu'il est de ce fait incapable d'envisager la notion d'échec (malgré un ensemble imposant de pièces à conviction), celui de l'étudiante Mary est un brouillard dense de doutes et de manque de confiance en soi. En conséquence, malgré son intelligence nettement supérieure, elle reste toujours dans l'ombre de l'étudiant Hugo, passant ses journées dans l'arrière-boutique à trier des cartons de livres, évitant le public autant que faire se peut, tandis que l'étudiant Hugo se tient à l'avant du magasin et fatigue les clients pris au piège en leur rebattant les oreilles de la disparition des tétras-lyres (*Lagopus lagopus scotica*) du Dartmoor. Malgré sa timidité, l'étudiante Mary peut rendre bien des services, mais elle ne fait profiter un client de ses connaissances que s'il l'en a priée à plusieurs reprises et, même alors, elle le fait avec tout l'embarras de l'humilité.

TROISIÈME ESPÈCE : *STULTUS CUM BARBA* (LE HIPSTER)

Ces abominables créatures ne sont sauvées que par une seule caractéristique : elles trouvent que les livres sont cool, tout comme elles trouvent que les disques vinyles, les vestes en tweed et les barbes sont cool. Les livres sont cool, c'est certain, mais parce qu'ils ont toujours été plutôt cool, et non pas parce qu'ils sont devenus un des fondamentaux de l'uniforme de la pseudo-contre-culture de ces soi-disant nerds. J'hésite à mettre autre chose au crédit du hipster, parce que presque toutes ses manières d'être sont profondément crispantes et qu'il est d'un tel conformisme que, en comparaison, même un gothique donne l'impression d'être d'une originalité flamboyante. Dehors, il est facile à reconnaître : on le voit généralement à la terrasse d'un café en train de lire *Les Fleurs du mal* (un livre de poche d'occasion en piètre état, censé donner l'illusion qu'il le relit pour la nième fois et qu'il est lui-même un intellectuel sans le sou) à travers une épaisse paire de lunettes de la Sécurité sociale des années 1970, achetée 200 £ aux puces de Camden Market, à un type qui lui a dit que Tom Lehrer les avait portées sur scène en chantant « The Elements » à Copenhague en 1967. Mais le hipster ne tourne jamais la page, parce qu'il ne lit pas vraiment. Il s'agit plutôt – comme sa barbe, ses lunettes et sa pipe – d'un accessoire avec lequel il lui importe d'être vu.

Dans la librairie où il travaille, le hipster est l'antipode de l'étudiante Mary – il est là pour qu'on le voie, à l'écart, peu serviable et plein d'animosité envers tout ce qui vient interrompre sa tâche primordiale consistant à singer l'attitude du mélancolique, caressant sa barbe, le regard perdu dans les lointains, au-dessus d'un livre ouvert. Une perturbation par un client quelconque entraîne une pause de quatre secondes, suivie d'une lente rotation (et inclinaison) de la tête, d'un froncement de nez, d'un regard noir au-dessus des lunettes de Tom Lehrer et d'un « hmmm ? » dédaigneux, cet enchaînement étant savamment calculé pour mettre le client dans un tel état de gêne qu'il ne lui reste plus qu'à s'excuser aussitôt et à s'éloigner en toute hâte. Le hipster le suit des yeux d'un air désapprobateur, suspectant que cet individu pourrait bien avoir mangé de la viande une fois ou deux au cours des dix dernières années.

QQUATRIÈME ESPÈCE : *VENDITOR LIBRORUM ANTIQUORUM*
(LE LIBRAIRE D'OCCASION)

Vieux, délabré, souvent ivre ou avec la gueule de bois, le libraire d'occasion s'est établi à son compte pour la simple et bonne raison qu'il n'avait pas le choix. Aucun individu sensé n'aurait eu l'idée d'employer quelqu'un d'aussi complètement dépourvu des compétences sociales les plus élémentaires et en comparaison de qui un paria néandertalien aurait l'air de Gatsby le Magnifique. Le libraire d'occasion a plusieurs points communs avec le hipster, mais par accident plutôt que par intention. Il porte du tweed (parce que c'est chaud, pas pour être à la mode), il fume la pipe (parce que c'est un vrai fumeur, pas pour être à la mode), il aime les livres d'encre et de papier (parce qu'il n'est pas connecté à Internet, pas pour être à la mode) et il éprouve une profonde antipathie à l'égard de ses clients (parce que c'est une conséquence inévitable de longues années passées dans la profession, pas pour être à la mode). Le libraire d'occasion exerce ce métier depuis si longtemps qu'il ne se souvient plus comment il est tombé dedans. C'était peut-être son tout premier boulot, à l'époque lointaine où l'on pouvait encore gagner décemment sa vie en vendant de vieux livres, et il s'est très vite senti tellement à l'aise dans l'environnement poussiéreux de son lieu de travail, avec ce vieux monsieur très aimable qu'était son employeur, que lorsque celui-ci lui a proposé de reprendre son fonds de commerce, il n'a pas hésité une seconde. On ne sait pas vraiment comment les choses se sont passées. Quoi qu'il en soit, feu Sue Townsend, dans son merveilleux *Adrian Mole. Les années prosternées*, décrit précisément un représentant de cette espèce, Bernard Hopkins (il est vrai qu'il s'agit d'un employé, le bienveillant propriétaire étant M. Carlton-Hayes) :

> Bernard Hopkins est un libraire infernal. S'il postule à un emploi chez Waterstones, son nom déclenche une alarme sur leur réseau informatique. À une certaine époque, dans les librairies Borders, il y avait une photo de lui dans la salle du personnel, accompagnée d'un avis disant : « N'employez jamais cet homme. » Mais il n'a pas son égal quand il s'agit de livres anciens. Il les manie avec respect et ne les vendrait pour rien au monde à un propriétaire peu soigneux – un peu comme ces femmes de l'Association de protection des chats qui exigent que vous ayez obtenu un diplôme en soins pour chats avant de vous autoriser à en emmener un chez vous.

Bernard Hopkins est presque un composé de tous les libraires d'occasion que j'ai rencontrés, et son attitude réticente à l'égard du public des acheteurs de livres n'a rien à voir avec un désir de paraître cool. S'il avait jamais ressenti un désir de ce genre, il ne serait pas devenu libraire d'occasion. Son comportement ne vient que d'une grande lassitude existentielle. Autrefois, il répondait avec enthousiasme aux questions de ses clients, mais quarante années passées à entendre les mêmes douze questions – entre autres – tous les jours de chaque semaine l'ont réduit à cette épave hargneuse qu'il est devenu. Ces douze questions sont les suivantes :

1. Est-ce que vous recevez vos livres gratuitement ?
2. Combien de livres avez-vous en stock ?
3. Est-ce que vous les avez tous lus ?
4. Pouvez-vous me conseiller un livre pour ma femme ? (Oui, *Madame Bovary* de Flaubert ou *L'Amant de Lady Chatterley* de D. H. Lawrence.)
5. Pouvez-vous me conseiller un livre pour mon mari ? (Oui, *La Fin d'une liaison* de Graham Greene.)
6. Quel est le livre le plus ancien que vous ayez dans votre librairie ?
7. Quel est le livre le plus cher de votre librairie ?
8. Pourquoi ce livre coûte-t-il 6 £ alors qu'il coûtait 2 shillings quand il a été publié pour la première fois ?
9. Vous voulez rire ? Ce vieux bouquin vaut vraiment 3 £ ?
10. Est-ce que vous me faites un prix de gros si j'achète deux livres ?
11. Est-ce que je peux faire entrer mon chien ? Il est très gentil. (Le chien va aussitôt uriner dans un coin ou se mettre à aboyer comme un enragé.)

12. J'ai des livres à vendre, ça vous intéresse ? (Manque d'assommer le libraire en balançant sur le comptoir un sac réutilisable rempli de vieux numéros du magazine *Take a Break*.)

CINQUIÈME ESPÈCE : *DOMINUS* (LE DIRECTEUR)

Bien habillé, propre, ponctuel, enthousiaste et armé de l'inexplicable conviction que le client a toujours raison, le directeur n'a vraiment pas sa place dans une librairie d'occasion. C'est peut-être la raison pour laquelle on ne le rencontre que dans des librairies de livres neufs, surtout dans des succursales de chaînes. La seule exception que je connaisse à la soumission aveugle du directeur à ses clients est une histoire que m'a racontée une amie. Quand elle était étudiante, elle avait travaillé dans une célèbre librairie d'Édimbourg comme simple employée subalterne. Alors qu'elle était occupée à arranger une vitrine de Noël, elle avait été interrompue dans cette besogne par une vieille dame très vieux jeu, en twin-set et collier de perles, qui lui demandait un exemplaire d'une traduction épuisée du *Comte de Monte-Cristo*. Mon amie a essayé de lui expliquer pendant vingt minutes que cette traduction n'était plus disponible en livre neuf, qu'elle n'avait aucun moyen d'en trouver un exemplaire, qu'elle était occupée mais qu'il y avait certainement d'autres employés qui devraient pouvoir l'aider – en vain : la cliente a continué à exiger d'un air d'arrogance qu'elle aille lui chercher ce livre. Mon amie, dont la patience est d'ordinaire à toute épreuve, a fini par craquer et par s'exclamer : « Oh, et puis allez vous faire voir ! » La cliente horrifiée a immédiatement demandé à parler au directeur, et la jeune femme tremblante l'a emmenée au bureau de la direction, au dernier étage de l'immeuble, craignant le pire. En ouvrant nerveusement la porte, elle a tout de suite vu que le directeur n'était pas de bonne humeur – comme elle l'a appris ensuite, il était en train de s'occuper de plusieurs commandes manquées et de quelques employés absents. À peu près certaine que ce jour serait son dernier dans cette librairie, elle lui a annoncé qu'une cliente voulait lui parler. La dame en twin-set et collier de perles s'est alors redressée de toute sa hauteur et a déclaré : « Figurez-vous que cette petite pisseuse, qui fait apparemment partie de vos employés, vient de me dire d'aller me faire voir. » À en croire mon amie, le directeur s'est alors tourné vers elle d'un air un peu absent et lui a dit, sur un ton d'une politesse irréprochable : « Et pourquoi n'y êtes-vous pas allée ? »

Post-scriptum

Genre : *Cliens perfectus* (Le client parfait)

Il n'existe plus que dans mes souvenirs, le client parfait, celui pour qui une journée passée dans une librairie d'occasion était une journée heureuse. Lui qui comprenait qu'en achetant l'équivalent d'une livre de papier, il pouvait se perdre dans les mondes imaginaires de H. Rider Haggard, George Eliot ou Jane Austen – ces univers nés d'un esprit génial qui lui permettaient d'oublier tous ses soucis pendant une semaine, pour le prix d'un café. Ces clients ont désormais presque tous disparu, remplacés par la génération Amazon, pour qui la chasse aux livres n'a rien d'excitant et la livre de papier, plus aucune valeur.

Lorsque j'ai repris sa boutique, l'ancien propriétaire m'a expliqué que les choses vont par cycles : vingt ans auparavant, il y avait des collectionneurs avides des éditions originales des auteurs les plus connus de leur génération – J. B. Priestley, George Bernard Shaw, Jean Plaidy, Arnold Bennett.

Ces gens-là, m'a-t-il dit, étaient ses clients rêvés, mais au fil des années leur nombre avait décliné, et des livres qu'il aurait pu espérer vendre facilement pour 20 £ n'en valaient plus que 4, poussière comprise. Il est cependant dans la nature des cycles que, lorsqu'une génération s'éteint, une autre la remplace – espérons qu'il en aille bien ainsi. Et puis, il y a toujours eu des auteurs dont le succès a dépassé les frontières de leur époque : Buchan, Stevenson, Ian Fleming et même Rider Haggard semblent continuer à bien se vendre. Il est difficile de dire quels écrivains, parmi les grands noms de la littérature contemporaine, vont disparaître progressivement des listes des collectionneurs et quels autres résisteront à l'épreuve du temps. Les éditions rares de tous ces auteurs continuent bien sûr d'attirer les bibliophiles, mais ceux-ci sont de moins en moins nombreux, et leurs visites se font de plus en plus rares. Dans deux cents ans, Hilary Mantel, Ian McEwan, Julian Barnes et d'autres géants de notre époque jouiront-ils de l'immortalité littéraire ou seront-ils pratiquement tombés dans l'oubli ? Nul ne peut savoir avec quelle clémence l'avenir les jugera. J.K. Rowling ou Margaret Atwood deviendront-elles les Jane Austen de notre temps ou finiront-elles dans quelque note de bas de page d'une revue spécialisée ? Les extraordinaires romans épiques de Donna Tartt seront-ils lus avec la même vénération que les œuvres de Tolstoï, Homère et Hardy ? Qui sait si le génie d'Alan Bennett pour l'observation sociale sera toujours aussi apprécié quand on le lira dans un siècle ?

PREMIÈRE ESPÈCE :
HOMO QUI LIBROS LITTERARIOS COLLIGIT
(LE COLLECTIONNEUR DE ROMANS)

On a publié tellement d'œuvres de fiction au fil du temps que notre maigre fonds d'environ deux mille romans n'est qu'une goutte d'eau dans cet océan. Il est donc extrêmement rare que nous ayons précisément le livre que cherche le collectionneur de romans. Mais, quand nous l'avons, il déborde d'un plaisir sans mélange. Il a parfois passé un grand nombre d'années à traquer ce livre : il n'utilise habituellement pas les moteurs de recherche en ligne et fait preuve de la détermination opiniâtre des clients de la génération précédente, du temps où Internet n'existait pas encore. Il s'agit souvent d'un ouvrage rare, ou d'une édition particulière, et il n'y a jamais de « négociation » sur le prix.

DEUXIÈME ESPÈCE :
HOMO QUI LIBROS DE VIA FERRATA COLLIGIT
(LE COLLECTIONNEUR DE LIVRES SUR LES CHEMINS DE FER)

Ce n'est pas la première fois que je fais l'éloge de ces clients. Le collectionneur de livres sur les chemins de fer est une espèce tout à fait à part, dont la passion est aussi ardente que son goût vestimentaire est insipide. Pour lui, le Saint Graal de la littérature est un ouvrage sur le matériel roulant ferroviaire à vapeur de la compagnie historique London and North Eastern Railway, ou sur les plaques d'identification très prisées des trains victoriens de la compagnie London, Brighton and South Coast Railway. Le libraire chez qui il trouve l'objet de sa quête est regardé comme un prince.

TROISIÈME ESPÈCE : *HOMINES NORMALES* (LES GENS NORMAUX)

Ce sont des personnes tellement rares que l'expression de « gens normaux » pour désigner leur espèce me paraît un peu impropre. Ils ne savent pas toujours ce qu'ils cherchent et, à ce titre, pourraient aisément tomber dans la cohorte monstrueuse des flâneurs, ces clients aux curiosités vagues qui ne viennent dans une librairie que pour tuer le temps. Ils diffèrent d'eux dans la mesure où ils savent qu'ils veulent s'offrir un livre mais sont suffisamment ouverts d'esprit pour ne pas s'être fixés sur un titre en particulier. Ils ressortent toujours du magasin en ayant acheté quelque chose. Et leur qualité la plus attachante est que, comme tout client parfait, ils paient volontiers le prix demandé, sans contraindre le libraire à se lancer dans une altercation publique humiliante pour tous deux.

QUATRIÈME ESPÈCE :
HOMO DE SCIENTIA SCRIPTA FANATICUS
(LE FAN DE SCIENCE-FICTION)

Je doute qu'il existe un seul libraire qui vous dise un jour qu'il n'éprouve pas le plus pur amour pour le fan de science-fiction – et l'on peut d'ailleurs en dire autant pour le collectionneur de bandes dessinées. Certains des géants de la littérature ont contribué au premier genre : Doris Lessing, J.G. Ballard, H.G. Wells, Mary Shelley, Iain M. Banks, Ursula Le Guin, George Orwell, Aldous Huxley et P.D. James s'y sont tous essayés, sans oublier Douglas Adams, pour n'en citer qu'un petit nombre. Quand j'étais adolescent, j'étais fasciné par la série de Harry Harrison, *Le Rat en acier inox*, et par *Le Berceau du chat* de Kurt Vonnegut, dans lequel la glace-neuf, une arme chimique fabriquée par l'État, transforme en glace toutes les choses et les personnes qui la touchent. Une image qui paraît étrangement prémonitoire à l'heure où j'écris ces lignes, alors que le Covid-19 a figé la plus grande partie de la planète.

Au fil des ans, j'ai acheté plusieurs collections de livres de science-fiction : elles se sont toutes envolées dès que le bruit s'est répandu que je les avais en rayon. Les collectionneurs spécialisés se connaissent entre eux et, quand je dis à l'un d'eux que j'ai fait l'acquisition d'un fonds, ils affluent tous en masse. En plus des amateurs d'Asimov, Bradbury et autres, cette espèce comprend également les collectionneurs d'illustrateurs.

Les éditions de poche des romans de science-fiction (qui sont pour la plupart d'abord publiés en livres de poche) ont souvent des couvertures illustrées très élaborées et extraordinairement tape-à-l'œil. Dans la plupart des cas, sinon dans tous, je soupçonne les éditeurs d'avoir insisté pour que les illustrateurs passent au moins une semaine à prendre une dose quotidienne de LSD avant de se mettre au travail.

Le fan de science-fiction est immédiatement reconnaissable. Dire que c'est un inadapté serait lui causer un énorme préjudice. Il s'adapte, mais seulement comme il l'entend, et au sein de l'atmosphère protégée de sa propre communauté. Car les fans de science-fiction forment un groupe auquel ses membres s'identifient, de la même manière que les *pantalons rouges* sont solidaires entre eux. Le plaisir que le fan de science-fiction procure aux libraires vient de ce qu'il n'est jamais déçu. Si vous avez en rayon un roman de Philip K. Dick ou un livre quelconque dont la couverture a été illustrée par Joseph Mugnaini, vous ferez son bonheur. Il porte un uniforme, bien sûr : généralement un T-shirt (noir) avec un motif rétro de *Star Wars* ou de *Doctor Who* et des baskets invariablement blanches. Ce qui est touchant, c'est que le fan de science-fiction ne vient jamais seul : ils vont toujours par deux, généralement en couple, très épris l'un de l'autre, à un degré attendrissant – et fatigant. Et toujours habillés de manière identique. À leur façon, ils parviennent à réaliser l'exploit apparemment impossible d'être à la fois moins cool et plus cool que le hipster.

Le fan de bandes dessinées est taillé dans une étoffe similaire, bien que d'une nuance de noir légèrement plus claire. Au Royaume-Uni, la bande dessinée est sortie du caniveau de la critique littéraire depuis quelques années seulement et peut désormais, à juste titre mais à sa grande surprise, tendre vers les étoiles. En 2018, *Sabrina* de Nick Drnaso a été nominé pour le Booker Prize. *Maus* d'Art Spiegelman et *Sandman* de Neil Gaiman méritent peut-être plus encore d'être reconnus comme des chefs-d'œuvre littéraires. Le fan de bandes dessinées ressemble extérieurement au fan de science-fiction, mais avec un état d'esprit beaucoup plus sérieux. Parmi les fonds que j'achète, il est rare que je tombe sur des bandes dessinées, mais quand cela m'arrive, je les trouve souvent en très grand nombre. Et quand des clients les découvrent, ils en achètent généralement des quantités tout aussi importantes.

Sans les amoureux des livres, je serais au chômage. J'aimerais donc, pour conclure, présenter mes excuses à mes clients, et pour le dire en termes plus justes que je ne saurais le faire moi-même, j'emprunte à Roy Harley Lewis la conclusion de son ouvrage sur *Les Livres anciens* :

> La plupart des enthousiastes, qu'ils fassent du prosélytisme pour la religion, la politique

ou même le sport, paraissent enflammés par un esprit de croisade. Mais le libraire de livres anciens n'en a pas besoin : il sait bien que les amateurs de livres comprennent sa passion. Les prêcheurs de croisade sont toujours exaspérants au plus haut point, n'essayez donc pas de haranguer les foules. Je ne vous conseille même pas de pratiquer la « vente douce », seulement de placer un petit mot ici, de partager un engouement là. Un public plus sensible aux livres anciens ne peut qu'être un bienfait pour le monde de la librairie – que demander de plus ?

13572

Composition
NORD COMPO

Achevé d'imprimer à Barcelone
par CPI Black Print
le 7 août 2022

Dépôt légal août 2022
EAN 9782290373019
OTP L21EPLN003277-404815

Éditions J'ai lu
82, rue Saint-Lazare, 75009 Paris

Diffusion France et étranger : Flammarion